Ministério da Cultura
Ministra de Estado da Cultura
Margareth Menezes

Secretária do Audivisual
Joelma Oliveira Gonzaga

Diretora de Preservação e Difusão Audiovisual
Daniela Santana Fernandes

Cinemateca Brasileira
Sociedade Amigos da Cinemateca

Conselho de Administração
Presidente
Carlos Augusto Calil

Membros
Bruno Henrique Lins Duarte
Carlos Augusto Calil
Cassius Antônio da Rosa
Daniela Santana Fernandes
Mário Mazzilli
Fernanda Hirata Tanaka
Nelson Simões
Patrícia Furtado Machado
Renata de Almeida
Roberto Gervitz
Rodrigo Archangelo

Conselho Fiscal
Miguel Gutierrez
Roberta de Oliveira e Corvo

Diretoria
Diretora Geral
Maria Dora Genis Mourão
Diretora Técnica
Gabriela Sousa de Queiroz
Diretor Administrativo e Financeiro
Marco Antonio Leonardo Alves

Ateliê Editorial
Editor
Plinio Martins Filho

Conselho Editorial
Aurora Fornoni Bernardini
Beatriz Mugayar Kühl
Gustavo Piqueira
João Angelo Oliva Neto
José de Paula Ramos Jr.
Leopoldo Bernucci
Lincoln Secco
Luis Bueno
Luiz Tatit
Marcelino Freire
Marco Lucchesi
Marcus Vinicius Mazzari
Marisa Midori Deaecto
Paulo Franchetti
Solange Fiuza
Vagner Camilo
Walnice Nogueira Galvão
Wander Melo Miranda

projeto **david josé**

Projeto David José
Equipe
David José Lessa Mattos
Paulo Todescan Lessa Mattos
Carlos Magalhães
Patricia De Filippi
Luis Ludmer

Apoio

Realização

Teleteatro ao vivo na
TV Tupi de São Paulo
1950-1960

A TV antes do VT

Acervo fotográfico da
Cinemateca Brasileira

Fotografias
Raymundo Lessa de Mattos

Textos
David José Lessa Mattos

A TV antes do VT

Coordenação de produção
Marcos Weinstock

Fotografias
Raymundo Lessa de Mattos

Textos
David José Lessa Mattos

Edição de textos
Ana Lima Cecilio

Revisão
Ieda Lebensztajn

Tratamento de imagens
Fernando Fortes
Karina Seino
Millard Schisler
Túlio Fernandes
Stilgraf

Produção
Fernanda Guimarães
Lígia Farias

Projeto gráfico
Dárkon Vieira Roque

Pré-impressão
Jorge Bastos

Impressão e acabamento
Lis Gráfica

São Paulo, agosto de 2024

Copyright ©
David José Lessa Mattos
Raymundo Lessa de Mattos
2010

Nesta edição, respeitou-se o Novo Acordo Ortográfico da Língua Portuguesa

Proibida a reprodução total ou parcial sem autorização prévia dos editores
Lei nº 9.610 de 19-02-1998

Todos os direitos desta edição reservados à Ateliê Editorial

Estrada da Aldeia de Carapicuíba 897
06709-300 Cotia SP Brasil
Tel +11 4702-5915
www.atelie.com.br
contato@atelie.com.br
facebook.com/atelieeditorial
blog.atelie.com.br
instagram.com/atelie_editorial

Printed in Brazil 2024
Foi feito o depósito legal

Ficha catalográfica

Dados Internacionais de Catalogação na Publicação (CIP)
Câmara Brasileira do Livro, SP, Brasil

Mattos, David José Lessa

**A TV Antes do VT
Teleteatro ao vivo na TV Tupi de São Paulo 1959-1960**

textos e organização
David José Lessa Mattos
fotografias
Raymundo Lessa de Mattos.

2. ed Cotia, SP
Ateliê Editorial, 2025.

ISBN 978-65-5580-146-0

1 Grande Teatro Tupi (Programa de televisão)
2 Teleteatro brasileiro
   São Paulo (SP) - História -
3 Televisão - Programas -
   São Paulo (SP) - História
4 TV Tupi - História

I Mattos, Raymundo Lessa de.
II Título.

24-216020   CDD-791.4570981

Índices para catálogo sistemático
1 São Paulo
   Teleteatro
   História
   791.4570981

Cibele Maria Dias - Bibliotecária - CRB-8/9427

Sumário

6   A contribuição milionária de todos os erros - Juca Ferreira

9   Introdução

12   A TV Tupi-Difusora no final da década de 1950

    15   O espaço físico
    22   Garotas-propaganda
    28   Artistas
    34   Técnicos

46   Origens do teleteatro: história e personagens

69   Programas diversos (1959-1960)

    70   *Aventuras do Capitão Estrela*
    72   *O Falcão Negro*
    73   *Teatro de Romance*
    74   *Seriados de humor*
    76   *O Príncipe e o Plebeu*
    82   *Fuzarca e Torresmo*
    84   *Revista Feminina*
    86   *Bola do Dia*
    88   *Grandes Atrações Pirani*
    92   *Os Melhores da Semana*
    94   *Almoço com as Estrelas*
    96   *Edição Extra*

98   Grande Teatro Tupi

114   TV de Vanguarda

150   TV de Comédia

220   O teatro-escola de Júlio Gouveia e Tatiana Belinky

    225   *Fábulas Animadas e seriados*
    238   *Sítio do Picapau Amarelo*
    251   *Teatro da Juventude*

276   Fontes e Bibliografia

277   Índice onomástico

A contribuição milionária de todos os erros

Aos poucos, vai cedendo o preconceito que, durante tantos anos, impediu-nos de nos dedicar a estudos mais aprofundados sobre a televisão brasileira – seja do ponto de vista de sua relação com as artes e com a produção artística, nacional e estrangeira, seja do ponto de vista de sua própria relevância como fenômeno artístico e cultural. Esse preconceito assentou-se, certamente, na ideia de que a televisão se tornou o espaço de absorção da mão de obra artística e cultural de baixa densidade, ao passo que o cinema, segundo esse mito, teria se tornado o baluarte dos profissionais do audiovisual que buscavam dar ao seu trabalho um conteúdo e um empenho político que, em tese, na televisão, passaram a não ser possíveis.. Esse tipo de fantasia ou de esquema facilitador, alimentou, durante anos, a ficção derivada de que a história da televisão no Brasil serviria, na melhor das hipóteses, apenas a quem estivesse interessado em vasculhar a indigência mental dos brasileiros ou a quem, em linha semelhante, estivesse interessado em estudar a irrelevância estética, artística e cultural de nossos canais – exemplos sempre negativos, antimodelos da inovação e da criatividade. Eis aqui, neste livro, um vasto, rico e farto material que, felizmente, ajuda a derrubar esses equívocos. A televisão e a produção ficcional televisiva, em nosso país, sempre foram extremamente sofisticadas e absorveram, continuamente, os melhores quadros do nosso ambiente cinematográfico e teatral. O fato de que o espaço de exibição da televisão brasileira tenha se fechado para o filme nacional é um assunto para longas e acaloradas discussões, que se repetem e continuarão a se repetir ao longo do tempo. Nada pode negar, entretanto, o fato de que a televisão brasileira produziu não apenas obras que compõem nosso imaginário coletivo de maneira indelével, mas que tiveram também grande qualidade dramatúrgica, documental e jornalística.

Desmanchar mitos, clichês e antipatias que se alastram – mais por falta de quem as refute do que por encontrarem esteio efetivo na realidade dos fatos – é um trabalho que cabe a todos os profissionais que se dedicam à pesquisa, ao levantamento e à análise dos processos históricos. É algo que, consequentemente, só se torna possível graças a esses profissionais e graças ao fortalecimento de um conjunto patrimonial de acervos. Políticas públicas de aquisição, conservação, recuperação e restauro de obras, acervos e coleções são fundamentais, nesse sentido, mas só se completam, na sua efetividade, quando somadas a outras políticas públicas, de formação de quadros e de inteligência capazes de gerir e compreender esses acervos preservados. Esta publicação demonstra, de modo exemplar, como essas coisas podem se conjugar virtuosamente, de forma a nos esclarecer sobre uma porção absolutamente fundamental e curiosa da vida cultural brasileira de meados do século XX. A Cinemateca Brasileira, comprometida com a convergência dessas missões em sua história recente, merece os cumprimentos de todos os interessados em nosso passado social e cultural. Não apenas por ter recuperado este precioso acervo fotográfico, como, também, por brindar-nos com a verdadeira preciosidade histórica que é este livro. Esta preciosidade não será sentida apenas por aqueles que, assim como eu, passaram do meio século de vida e, fatalmente, haverão de se lembrar dos idos tempos em que a televisão, no Brasil, em seu pioneirismo, era feita sem "VT" (videotape), conforme expressa o título deste livro. Para aqueles, mais jovens, que já conheceram a televisão em patamares muito mais densos de complexidade tecnológica, o livro valerá certamente, não em chave nostálgica, mas como indicação documentada e pormenorizada de instâncias importantes da nossa produção cultural, que têm história e são passíveis de mudanças profundas. Servirá também para que se perceba e se ilustre a grandeza potencial e real da televisão, como espaço e linguagem, a grandeza da sua importância, no centro da vida brasileira. Servirá para que se perceba e se entenda um pouco mais sobre um momento da história nacional em que uma nova forma de produção e circulação de conteúdos e formas encantou uma geração inteira, com as suas infinitas possibilidades, e fez com que essa geração inventasse modelos de produção e cruzamentos estéticos os mais imprevistos e inusitados. Antes do VT, a TV era toda feita "ao vivo", no calor da hora e, para usar uma das mais belas expressões de Oswald de Andrade, "com a contribuição milionária de todos os erros".

As pesquisas sobre a história da televisão têm que avançar no Brasil, contínua e profundamente. Este aprofundamento não pode mais ser adiado, sob pena de continuarmos a desconhecer ou negar uma zona crucial de nosso patrimônio cultural ou agirmos para inconscientemente permitir que futuras gerações voltem – ou continuem – a não enxergar o papel da televisão no desenvolvimento cultural e estratégico do país e na construção, também essa estratégica, de uma esfera pública vigorosa entre nós. Esta mesma Cinemateca, que ora nos brinda com esta pequena joia editorial, tem sólidos projetos relativos à organização desses materiais, desses acervos e dessas pesquisas, e pode liderar esse processo com a mesma excelência com a qual já vem se destacando na tarefa de cuidar e restaurar nossa cinematografia e levar a população do país a um encontro muito mais amplo com o seu cinema e a sua própria produção audiovisual. Este volume reforça ainda mais nossas certezas quanto à quantidade de pequenas maravilhas com as quais poderemos nos reencontrar quando tivermos, em nosso país, apreço e empenho institucional para cuidarmos da memória de nossas televisões e de nossa produção televisiva – conjugando-se a organização dessa memória com bases de dados como o Banco de Conteúdos Culturais, que o Ministério da Cultura vem buscando desenvolver, em parceria com a Cinemateca Brasileira.

Constatar o crescimento da Cinemateca e a ampliação real da possibilidade de realizarmos trabalhos como este, nos últimos anos, é motivo de grande orgulho para todos nós. Mais importante do que essa vaidade é trabalharmos para impedir que essas conquistas refluam e garantir que continuem se consolidando, cada vez mais.

Quanto ao livro, para voltarmos a ele, é motivo da mais pura e genuína alegria. E faz jus, ademais, ao trabalho belíssimo e delicado de todos os profissionais que construíram aquele interessante momento da história cultural e artística nacional, e que aqui aparecem, devidamene registrados em seu cotidiano de trabalho, na devoção e na paixão com as quais se deram aos seus ofícios.

Juca Ferreira
Ministro da Cultura

O fotógrafo Raymundo
Lessa de Mattos, em
janeiro de 1959.
Ao fundo, em fase de
construção, o edifício
onde se instalariam no
ano seguinte as rádios
Tupi-Difusora

Introdução

A foto ao lado foi tirada logo no início de 1959, época em que meu irmão Raymundo Lessa de Mattos começava a trabalhar como fotógrafo na PRF3 TV Tupi-Difusora de São Paulo, Canal 3. Diferentemente de mim, ele possui a partícula "de" no sobrenome, é "Lessa de Mattos" enquanto sou simplesmente "Lessa Mattos". Nunca perguntei a meu pai por que meus dois irmãos mais velhos, nascidos na Bahia, têm esse "de" no sobrenome e eu e meu irmão mais novo, nascidos em São Paulo, não temos.

Desde os treze anos de idade, meu irmão Raymundo vivia tirando fotos com seu "caixote", nome que ele dava à sua velha câmera fotográfica 6x9. Graças à sua paixão pela fotografia, guardamos até hoje imagens antigas de nossa família, fotos de nossos pais e de todos nós, eu e meu irmão menor ainda crianças, na época em que morávamos na cidade de Mogi das Cruzes. Viemos para São Paulo em 1951 e, em 1954, comecei a participar dos programas de teleteatro infantojuvenil que Júlio Gouveia e Tatiana Belinky realizavam na PRF3-TV. Em 1955, fui contratado pela emissora e, a partir de então, sempre com sua velha máquina fotográfica a tiracolo, meu irmão começou a frequentar os estúdios do bairro do Sumaré.

Era ele ou meu irmão Milton, o mais velho, quem me acompanhava nas viagens que eu fazia, adolescente ainda, com os artistas da televisão. Lembro-me particularmente de uma viagem ao Rio de Janeiro, em 1956, quando o pessoal da TV Tupi-Difusora de São Paulo foi apresentar na TV Tupi do Rio a peça *O Tesouro de Sierra Madre*, uma adaptação que Walter George Durst fez do filme homônimo de John Huston. Nessa época, não havia ligação direta entre as poucas cidades que possuíam emissoras de televisão, as transmissões ainda eram locais, restritas a cada cidade e ao entorno delas, num raio de pouco mais de cem quilômetros. Vez por outra, o elenco da PRF3-TV, a estação pioneira das Emissoras Associadas do empresário Assis Chateaubriand, reapresentava ao vivo em outras emissoras do grupo, principalmente no Rio de Janeiro e em Belo Horizonte, espetáculos dramáticos levados ao ar em São Paulo no famoso programa de teleteatro *TV de Vanguarda*.

Dessa vez, em 1956, saímos de São Paulo num domingo cedo, por volta das oito horas da manhã. Um ônibus da Viação Cometa levou todo o elenco da peça, atores e atrizes importantes como Lima Duarte, Dionísio Azevedo, Percy Aires, Márcia Real e Marly Bueno. Nele foram também o diretor do espetáculo, Walter George Durst, e o diretor artístico da televisão, Cassiano Gabus Mendes, que era quem fazia a direção de TV ou seleção de imagens do teleteatro. E, feliz ao lado deles, lá ia meu irmão Raymundo, nessa época com vinte anos de idade, que exultava de satisfação por me acompanhar e poder conhecer de perto aqueles excelentes artistas da TV Tupi-Difusora. O ônibus chegou ao Rio de Janeiro mais ou menos às 12h30 e foi direto para o edifício do antigo Cassino da Urca, onde funcionava a TV Tupi carioca. Lá, num grande estúdio com os cenários da peça já montados, Walter George Durst e Cassiano Gabus Mendes começaram a fazer os ensaios com os atores e as marcações de câmera e luz. Isso durou mais ou menos das 14h às 20h30 e, um pouco mais tarde, às 22h, entrava no ar, ao vivo, a peça *O Tesouro de Sierra Madre*, que tinha quase duas horas de duração. Meu personagem era um rapazinho que aparecia só numa cena, numa espécie de taverna mexicana, vendendo bilhetes de loteria.

Dois anos depois dessa viagem ao Rio de Janeiro, em novembro de 1958, já conhecido dos artistas da TV Tupi-Difusora e tendo o apoio de Cassiano Gabus Mendes, meu irmão é contratado como fotógrafo pelo Canal 3, começando a trabalhar com outro jovem fotógrafo, Dietrich Schulz, cujo pai, Otto Schulz, era o chefe do Departamento de Fotografia e Efeitos Especiais da televisão. Permaneceu lá até agosto de 1960, cerca de um ano e meio, período em que fotografou diversos programas levados ao ar pela emissora, sobretudo programas de teleteatro. Este livro reproduz grande parte das 1.800 fotos por ele tiradas nessa época nos estúdios da PRF3-TV, proporcionando-nos, num recorte todo particular, uma belíssima visão do que foi a televisão brasileira nos seus primeiros dez anos de vida, na década de 1950, quando a programação era ainda ao vivo, antes do surgimento do videoteipe e das novelas em capítulos diários.

Dez anos atrás, no início do ano 2000, fui visitar meu irmão Raymundo na cidade de Goiânia, onde ele mora há muitos anos. Recordando com ele histórias do nosso passado, perguntei-lhe se ainda possuía fotos dos programas de teleteatro da TV Tupi-Difusora. Ele respondeu-me que sim, que tinha guardado reproduções fotográficas no tamanho 3x4 de quase todas elas e que possuía também os negativos, só que eles não deviam estar muito bons, pois a última vez que os tinha visto, uns dez anos antes, muitos já estavam estragados. Depois, com um ar maroto e criando certo suspense, retirou de uma gaveta um grande álbum, cuja capa vermelha de pano grosso estava bastante descorada. Retirou também uma caixa de papelão igual a essas em que se vendem sapatos. Coladinhas nas páginas do álbum, uma ao lado da outra, lá estavam as pequenas fotos 3x4, cerca de 1.800, uma maravilha de material. E, da caixa de papelão, ele começou a retirar diversos envelopes de papel de seda onde estavam guardados os negativos, muitos deles já grudados uns nos outros. A maior parte desses negativos era no tamanho 6x6, mas havia também muitos nos tamanhos 6x9 e 35mm. Alguns dos envelopes traziam a data em que as fotos haviam sido tiradas. Outros, além da data, tinham os títulos dos programas e os nomes dos atores. Propus então a meu irmão que deixasse comigo todo o material, pois iria tentar recuperar em São Paulo os negativos estragados e encontrar um meio de guardá-los em melhores condições de conservação.

Voltando de Goiânia, procurei o fotógrafo Cristiano Mascaro, meu velho conhecido desde os tempos de estudante na Universidade de São Paulo. Prontamente, ele me indicou um laboratório fotográfico especializado em fotos branco e preto, que separou os negativos e os acondicionou em cerca de 150 arquivos especiais de plástico, a maior parte deles contendo doze fotos no tamanho 6x6. Foi somente cinco anos depois, em 2005, que comecei por conta própria a digitalizar todo o material, um pouco a cada mês, pois temia que os negativos se deteriorassem por completo. O lento trabalho de digitalização foi feito num laboratório fotográfico indicado por um amigo, o arquiteto Vitor Augusto dos Santos, que se encantou com as imagens dos teleteatros da TV Tupi-Difusora. Aliás, ele e o economista Pirajá Vasconcelos muito me incentivaram para que eu levasse adiante o projeto de salvar e preservar esse rico acervo fotográfico.

Passados dois anos, em 2007, com todas as fotos no meu computador, comecei a classificar e a identificar os programas de teleteatro, seus títulos, diretores, elenco e as datas de apresentação. Teve início então um longo trabalho de pesquisa, cujo ponto de partida foram as anotações feitas por meu irmão nos envelopes dos negativos e os dados publicados no importante trabalho de Flávio Luiz Porto e Silva sobre o teleteatro da PRF3-TV. Enquanto a pesquisa transcorria, novos e valiosos dados obtive do historiador José Inácio de Melo Souza, que me colocou à disposição sua pesquisa inédita sobre o teleteatro da TV Tupi-Difusora. Com base nas coleções incompletas dos jornais *Diário da Noite*, *Diário de São Paulo* e *O Estado de S. Paulo* existentes no Arquivo Público do Estado de São Paulo e na Biblioteca Municipal Mário de Andrade, ele fez um levantamento dos programas de teleteatro apresentados no Canal 3 desde 1950 até o ano de 1964. E foi através dele que tomei conhecimento da pesquisa inédita de José Francisco de Oliveira Mattos sobre a programação da TV Tupi em 1950. Por fim, foram também de grande utilidade as informações sobre a teledramaturgia da TV Tupi-Difusora publicadas em 2007 no livro de Mauro Gianfrancesco e Eurico Neiva.

Com relação aos programas de teleteatro infantojuvenil, pude dispor das preciosas informações contidas nos doze cadernos de contas-correntes de Júlio Gouveia, guardados até hoje por sua mulher Tatiana Belinky. Os dois fundaram em 1949 o Teatro Escola de São Paulo, Tesp, e realizaram, a partir de 1952, uma série de programas de teleteatro na PRF3-TV dirigidos a crianças e a adolescentes. Nesses cadernos de contas-correntes, sem falhar um só dia, Júlio Gouveia anotou todos os programas que realizou na televisão, de 1952 a 1963, com as datas em que foram ao ar, os títulos das peças, os nomes dos atores e, também, o valor dos cachês pagos a cada um deles.

Faço questão de agradecer aqui, em primeiro lugar, à Cinemateca Brasileira que, através de seu diretor-executivo, Carlos Magalhães, tornou possível a publicação deste livro, não medindo esforços para recuperar e preservar os negativos deste acervo fotográfico. Agradeço também a Vida Alves, que colocou à minha disposição depoimentos de artistas à Associação Pró-TV, e a todas as pessoas que colaboraram de uma forma ou de outra para a realização deste trabalho. Agradeço especialmente à querida Tatiana Belinky, aos antigos diretores de TV Mário Pamponet e Irineu de Carli, ao diretor de teatro Silnei Siqueira, à atriz Vera Nunes, à antiga apresentadora de televisão Maria Thereza Gregori e a Stela Garcia Spironelli, coordenadora de arte do canal de esportes ESPN que ocupa hoje os antigos estúdios da TV Tupi-Difusora. Sou igualmente grato ao historiador José Inácio de Melo Souza, a Elisângela Queiroz, aluna do curso de mestrado em História da Universidade de São Paulo, e a Ney Marcondes, redator e diretor de programas de televisão, pela ajuda que deram em alguns momentos da pesquisa, sem me esquecer de Marcos Weinstock, um dos organizadores desta publicação, e do desenhista gráfico Dárkon Vieira Roque que, com ideias altamente criativas, deram importante contribuição para a definição do formato final deste livro. Agradeço ainda a meu irmão Antônio, o caçula, que foi diretor de novelas da PRF3-TV, e a minha mulher Lígia, que acompanharam atentamente a elaboração deste trabalho, ele sempre disposto a ouvir-me falar sobre as histórias da televisão, e ela me incentivando sempre e fazendo cuidadosas observações com relação ao texto.

Por último, quero dizer que este livro tem para mim o significado de uma carinhosa homenagem que se presta a meu irmão Raymundo Lessa de Mattos e a todos os artistas e técnicos pioneiros da PRF3-TV Tupi-Difusora de São Paulo, pessoas talentosas e de grande valor humano com as quais me orgulho de ter convivido durante parte importante de minha vida.

David José Lessa Mattos

A TV Tupi-Difusora no final da década de 1950

Durante os anos de 1959 e 1960, quando as fotos aqui apresentadas foram tiradas nos estúdios da PRF3-TV Tupi-Difusora de São Paulo, Canal 3, o teleteatro ao vivo experimentava seu momento de apogeu na primeira emissora de TV do país que, no ar havia quase dez anos, já tinha conseguido montar um sistema de produção que garantia a realização de uma quantidade bastante significativa de programas dramáticos, cerca de dez por semana, alguns com mais de uma hora de duração. Era uma intensa produção que mobilizava um número grande de atrizes, atores, cenógrafos, produtores, redatores, além de toda uma equipe técnica formada na própria emissora que incluía operadores de câmera, iluminadores, operadores de vídeo e de áudio, diretores de TV, sonoplastas etc., sem contar os carpinteiros, marceneiros, pintores, montadores de cenários e outras tantas pessoas que desempenhavam diversas funções na retaguarda, atrás das câmeras.

Desde o surgimento da televisão no país, em 1950, até o aparecimento das novelas em capítulos diários, a primeira lançada em 1963 pela TV Excelsior, os programas de teleteatro ao vivo tiveram presença altamente relevante na programação das estações de TV, principalmente em São Paulo. Já nos anos de 1957 e 1958, as três emissoras paulistas existentes na época mantinham no ar importantes séries dramáticas que marcaram a história da televisão brasileira em sua primeira década de vida. Na TV Paulista, Canal 5, por exemplo, destacava-se o programa *Teledrama*, famosa série de teleteatro que colocava no ar aos sábados à noite um espetáculo diferente com mais de uma hora de duração. Na TV Record, Canal 7, o mesmo acontecia às segundas-feiras, por volta das 21h30, quando ia ao ar o *Teatro Cacilda Becker*. Na TV Tupi-Difusora, havia quatro grandes séries de teleteatro que ultrapassavam uma hora de duração: os programas *TV de Vanguarda* e *TV de Comédia*, que se alternavam a cada quinze dias, aos domingos à noite, sempre com espetáculos diferentes; o *Grande Teatro Tupi*, apresentado nas noites de segunda-feira; e o *Teatro da Juventude*, produção de Júlio Gouveia e Tatiana Belinky que entrava no ar aos domingos pela manhã, às 10h30, passando a ser apresentado a partir de 1958 no início das tardes de domingo, no horário das 13h30.

Havia ainda na PRF3-TV os programas dramáticos que apresentavam semanalmente histórias curtas com cerca de meia hora de duração. O principal deles era *O Contador de Histórias*, série iniciada em 1955 que permaneceu em cartaz até 1961, oferecendo ao público telespectador às sextas-feiras por volta das 22h uma história completa e inédita, muitas vezes de mistério e suspense, adaptada de conto ou novela literária. Também com meia hora de duração e com uma história inédita semanal, havia as séries apresentadas às quintas-feiras, em torno das 21h30, cuja presença na programação não era constante, pois às vezes ficavam alguns meses fora do ar, reaparecendo sempre com denominações diferentes. Nesse horário das quintas-feiras foi lançada em março de 1957 a série *Contos Brasileiros*, que se manteve na programação durante seis meses, até o mês de setembro. Em janeiro de 1958, surge no mesmo horário uma nova série, o *TV-Teatro Walita*, programa anunciado como um "teleteatro de bolso" com histórias curtas de suspense que tinham alcançado grande sucesso na TV norte-americana. Depois de certo período, esta série passa a ser apresentada apenas com o nome de *TV-Teatro*, sem referência ao patrocinador. Em junho de 1960, porém, retorna o patrocínio e o programa ganha o título de *Noite de Teatro Walita*, sempre com histórias diferentes a cada semana, só que desta vez estreladas por famosas atrizes de teatro. Foi dessa forma que, encabeçando o elenco da PRF3-TV, desfilaram no programa nessa época atrizes como Tônia Carrero, Nydia Lícia, Maria Della Costa, Nathalia Timberg, Irina Grecco, Dercy Gonçalves e Dália Palma. Passados cinco meses, em novembro de 1960, a série muda outra vez de nome, passando a ser chamada de *Histórias Nossas*.

Nesse final da década de 1950, além dos teleteatros, a TV-Tupi-Difusora mantinha no ar diversas outras produções dramáticas, séries românticas com dois episódios semanais, como o programa *Alô Doçura*, estrelado por Eva Wilma e John Herbert; seriados de aventuras, também com dois episódios semanais, como *O Falcão Negro* e *As Aventuras do Capitão Estrela*; programas humorísticos, como *Bola do Dia*, produzido pelo famoso comediante Walter Stuart; seriados humorísticos com o ator Flávio Pedroso; seriados românticos de humor, como *O Príncipe e o Plebeu* ou *Os Dois Príncipes*, estrelados por Amilton Fernandes e Luís Gustavo; seriados baseados em obras literárias de sucesso, com dois episódios semanais, como *Um Lugar ao Sol* e *Ana Karenina*; e os programas de Júlio Gouveia e Tatiana Belinky, como o seriado *Sítio do Picapau Amarelo*, baseado na obra de Monteiro Lobato, com um episódio semanal, ou os seriados *Nicholas, Angélika* e *O Jardim Encantado*, com dois episódios semanais, baseados em famosas obras da literatura infantojuvenil.

Com horários aproximativos, são relacionados a seguir os programas dramáticos levados ao ar numa semana do mês de junho de 1959. Assim destacados, eles poderão dar uma melhor ideia da importância da programação dramática na PRF3-TV na época da televisão ao vivo, antes do aparecimento do videoteipe.

Semana de junho de 1959

Segunda-feira
19h00-19h05
Bola do Dia
22h00-23h30
Grande Teatro Tupi
série de teleteatro

Terça-feira
19h00-19h05
Bola do Dia
20h10-20h35
Angélika
seriado infantojuvenil
20h40-21h00
Alô Doçura
série romântica

Quarta-feira
17h45-18h10
Sítio do Picapau Amarelo
seriado infantojuvenil
18h30-19h00
Aventuras do Capitão Estrela
seriado infantojuvenil
19h00-19h05
Bola do Dia
20h30-21h00
Um Lugar ao Sol
seriado de romances
21h10-21h35
O Príncipe e o Plebeu
seriado romântico de humor

Quinta-feira
19h00-19h05
Bola do Dia
20h10-20h35
Angélika
seriado infantojuvenil
20h40-21h00
Alô Doçura
série romântica
22h20-22h50
TV-Teatro
teleteatro

Sexta-feira
19h00-19h05
Bola do Dia
18h30-19h00
Aventuras do Capitão Estrela
seriado infantojuvenil
20h30-21h00
Um Lugar ao Sol
seriado de romances
21h10-21h35
O Príncipe e o Plebeu
seriado romântico de humor
22h30-23h10
O Contador de Histórias
teleteatro

Domingo
13h30-14h30
Teatro da Juventude
teleteatro
21h30-23h00
TV de Vanguarda ou TV de Comédia
teleteatros que se alternavam a cada quinze dias

Realmente, impressionava a quantidade de programas dramáticos colocados no ar pelo Canal 3 nesse final da década de 1950. Eram todos ao vivo, já que o uso generalizado do videoteipe só iria acontecer a partir de 1963, embora esta tecnologia de gravação tenha surgido no país em 1960, quatro anos depois de ter sido lançada nos Estados Unidos. Sem dúvida, para a realização de tamanha quantidade de programas, eram necessários espaços físicos adequados. Nesse sentido, a TV Tupi-Difusora já apresentava inúmeras mudanças com relação ao que era quase dez anos antes, no momento de sua inauguração.

Quando foi inaugurada, em setembro de 1950, a PRF3-TV Tupi-Difusora colocava no ar uma programação com cerca de duas horas diárias, toda ela realizada em um pequeno estúdio de 165m^2 que ganhou o nome de Estúdio A no início do ano de 1953, época em que foi inaugurado um novo estúdio medindo cerca de 200m^2, batizado de estúdio B. Um terceiro estúdio, o C, praticamente do mesmo tamanho que o B, só ficou pronto no princípio do ano de 1956, sendo inaugurados com ele, no piso superior, um grande salão para maquiagem e penteados, oito confortáveis camarins e salas destinadas ao Departamento de Publicidade e à instalação de um laboratório fotográfico. Nesse mesmo ano, ao lado do estúdio A, foi construído um pequeno estúdio de 95m^2 que começou a ser utilizado para a transmissão de anúncios publicitários feitos por garotas-propaganda e para a apresentação de alguns programas jornalísticos.

De fato, era possível observar grandes modificações nos espaços físicos da PRF3-TV em 1959 e perceber outras mudanças em curso. Por exemplo, as rádios Tupi-Difusora já se movimentavam para abandonar seu antigo edifício e todas as suas instalações, inclusive o grande palco-auditório que vinham compartilhando com a televisão havia quase dez anos, pois ali ao lado estava sendo construído o novo prédio das Emissoras Associadas para onde elas iriam transferir-se em 1960.

O novo edifício das Emissoras Associadas em fase mais adiantada de construção na Av. Professor Alfonso Bovero, no bairro do Sumaré. Inaugurado em 1960, depois foi ocupado pela MTV. Ao lado do automóvel, a entrada principal da PRF3-TV

O espaço físico

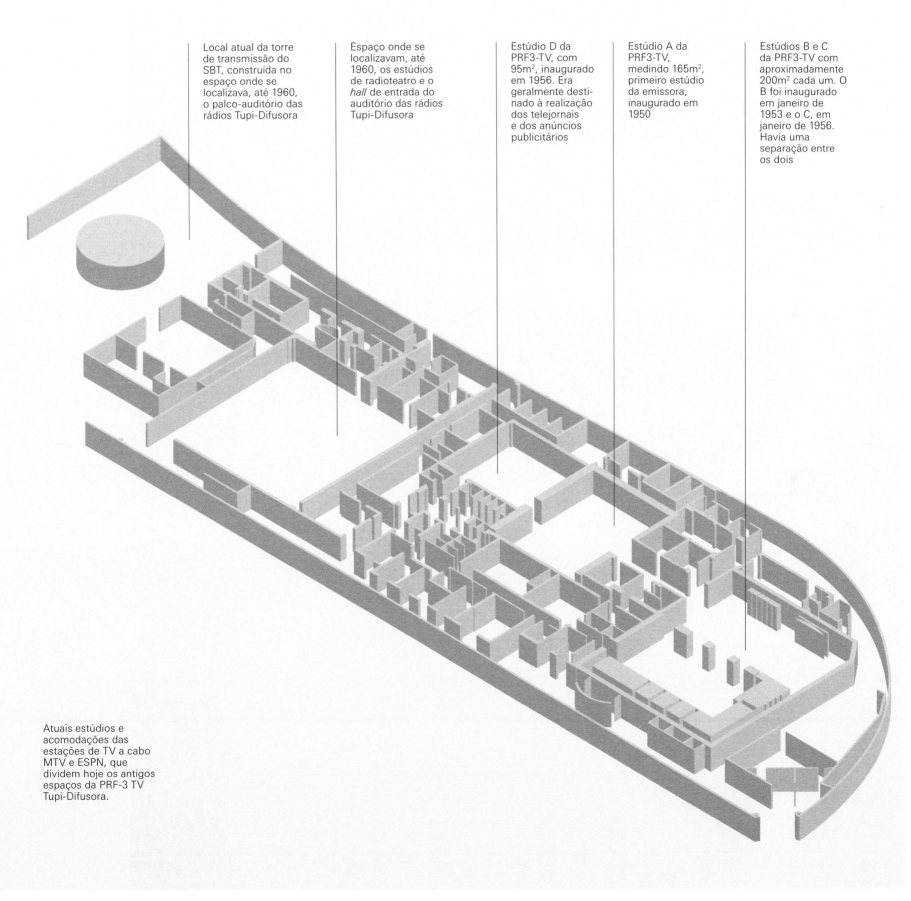

Local atual da torre de transmissão do SBT, construída no espaço onde se localizava, até 1960, o palco-auditório das rádios Tupi-Difusora

Espaço onde se localizavam, até 1960, os estúdios de radioteatro e o *hall* de entrada do auditório das rádios Tupi-Difusora

Estúdio D da PRF3-TV, com 95m², inaugurado em 1956. Era geralmente destinado à realização dos telejornais e dos anúncios publicitários

Estúdio A da PRF3-TV, medindo 165m², primeiro estúdio da emissora, inaugurado em 1950

Estúdios B e C da PRF3-TV com aproximadamente 200m² cada um. O B foi inaugurado em janeiro de 1953 e o C, em janeiro de 1956. Havia uma separação entre os dois

Atuais estúdios e acomodações das estações de TV a cabo MTV e ESPN, que dividem hoje os antigos espaços da PRF-3 TV Tupi-Difusora.

Acima
Os estúdios A e B com seus panelões e pantógrafos

Ao lado
Os *cameramen* Pedro Bigal Neto e David Grimberg focalizam a cena do programa *Teatro da Juventude* com os atores Adélia Victória, Líbero Miguel e Paulo Basco. Agachado, o assistente de estúdio Dalmo Ferreira e em pé, à direita, o assistente de direção João Alípio

Na página oposta
Cena do seriado *Angélika* no estúdio B, com Regina Salles do Amaral no papel principal

O antigo palco-auditório das rádios Tupi-Difusora onde eram realizados diversos programas da televisão, principalmente os musicais

Na página oposta
A Orquestra Tupi

Ao lado
Com um microfone na mão, o repórter e apresentador José Carlos de Moraes, o Tico-Tico

Abaixo
O maestro Erlon Chaves, um apresentador não identificado e o *cameraman* João Marinoso

Cantor latino-americano acompanhado por conjunto com o acordeonista Uccho Gaeta

Bancada para apresentação de um comercial da Real Aerovias com seu Super Convair 440

O pequeno estúdio D, mais utilizado para anúncios comerciais e telejornais

Garotas-propaganda

Ainda era o tempo da publicidade ao vivo. Diante das câmeras, as garotas-propaganda anunciavam produtos comerciais.

A garota-propaganda Irenita Duarte

No estúdio B, as irmãs Irenita e Irinéia Duarte com Carmem Marinho, observadas por funcionário da emissora

Na página oposta
O *cameraman* Ditinho focaliza garota-propaganda

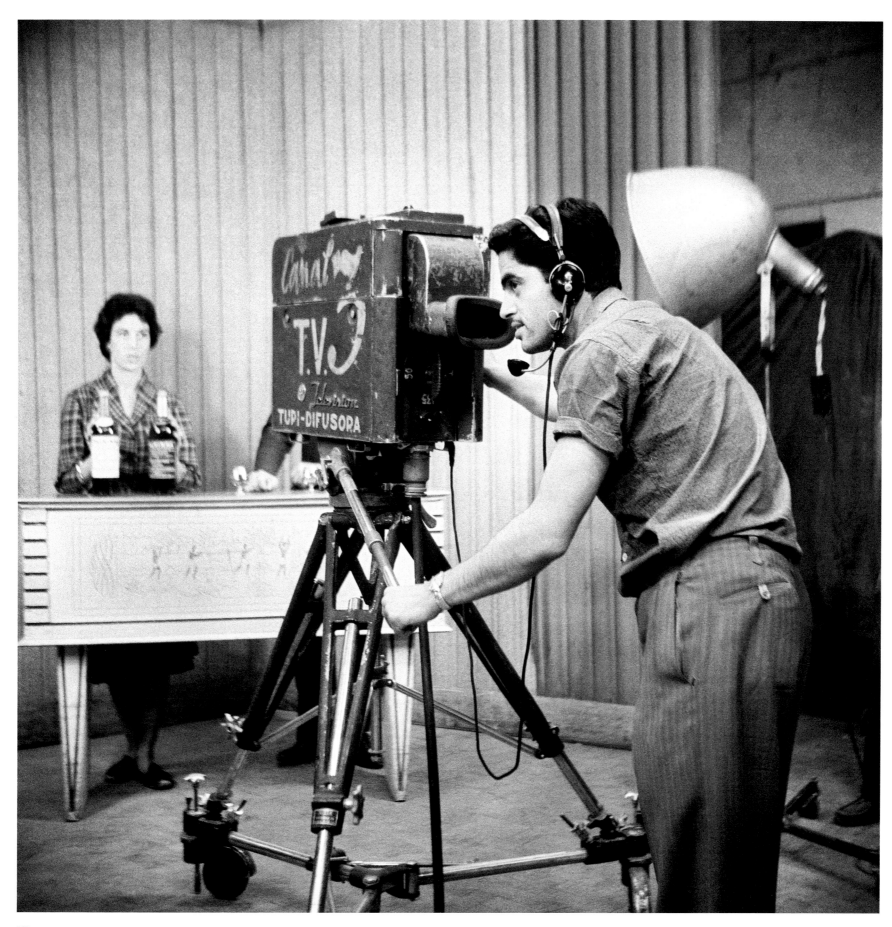

Algumas garotas-propaganda trabalhavam também como atrizes.

Neide Alexandre e Meire Nogueira entre os atores Amilton Fernandes e Luis Gustavo, numa cena do seriado *O Príncipe e o Plebeu*, escrito e dirigido por Geraldo Vietri

Elisabeth Darcy, apresentadora e garota-propaganda, mãe de Verinha Darcy, a Pollyana do seriado infantojuvenil, e de Silvio Luiz, narrador e cronista esportivo

Na página oposta Marlene Morel com Amilton Fernandes em cena da peça *Divórcio para Três*, no teleteatro *TV de Comédia*

No alto
Carmen Marinho

Neide Alexandre e
Carmen Marinho numa
cena do seriado *O
Príncipe e o Plebeu*

Embaixo
A garota-propaganda
Irinéia Duarte

No alto
Nelly Reis

Nelly Reis, o ator,
produtor e apresentador
Heitor de Andrade e
Amilton Fernandes

Embaixo
Garotas-propaganda não
identificadas

Artistas

Restrito ao ano de 1959 e parte de 1960, este acervo não inclui fotos de todos os artistas, técnicos, produtores e diretores de programas que atuavam nessa época na PRF3-TV. Por exemplo, não há aqui nenhuma imagem da excepcional atriz Eva Wilma, que fazia enorme sucesso ao lado do ator John Herbert no programa *Alô Doçura*. Também não há imagens de Sônia Maria Dorce, atriz talentosa que iniciou sua carreira artística no *Clube Papai Noel*, famoso programa da Rádio Difusora dirigido por seu pai, o maestro Francisco Dorce, e pelo radialista Homero Silva. Menininha ainda, ela participou do programa inaugural da televisão e teve marcante presença na TV Tupi-Difusora, principalmente na década de 1950. Não há igualmente imagens de Marly Bueno, que iniciou sua vida artística em 1951 como radioatriz e garota-propaganda, passando a ter participação destacada como atriz nos teleteatros da PRF3-TV até meados de 1959.

Quanto ao pessoal que ficava atrás das câmeras, entre outros importantes profissionais da TV Tupi-Difusora, faltam aqui fotos dos produtores e redatores Túlio de Lemos, Teóphilo de Barros Filho, Syllas Roberg e Ribeiro Filho. Também não há fotos do diretor artístico Cassiano Gabus Mendes, do diretor de teleteatro Walter George Durst e dos diretores de TV Luiz Gallon, Walter Tasca e Tito Bianchini, todos eles bastante ativos na época em que foram tiradas as fotos que compõem este acervo.

No alto
Marisa Sanches, mãe da atriz Débora Duarte

Vida Alves, atriz, produtora, escritora de novelas de rádio e de televisão, teve presença marcante na TV Tupi

Embaixo
Henrique Ogalla, um dos meninos atores da PRF3-TV

Older Cazarré

No alto
O ator Natal Saliba

A atriz Neusa Azevedo

Nonô Pacheco, Verinha Darcy e a hoje escritora Maria Adelaide Amaral, jovens atrizes dos programas infantojuvenis de Júlio Gouveia e Tatiana Belinky

Embaixo
A atriz Célia Rodrigues

Humberto Buri, gerente administrativo da TV e das rádios Tupi-Difusora, com a atriz Geny Prado

O produtor de musicais Abelardo Figueiredo

No alto
O ator Fininho e a atriz Maria Valéria

O cantor Agnaldo Rayol com Carmem Marinho

Kalil Filho, diretor artístico da Rádio Difusora. Foi o primeiro apresentador do *Repórter Esso*, noticiário que estreou na PRF3-TV em junho de 1952

Embaixo
Antônio Moura Mattos, que se tornou diretor de novelas na PRF3-TV

A cantora Leny Caldeira

O ator Mário Ernesto

No alto
David José e Homero Silva

O cantor Geraldo Cunha

O apresentador Gilberto do Amaral Campos e David José

Embaixo
O escritor e autor de novelas Walter Negrão, no início de sua carreira

Décio Ferreira

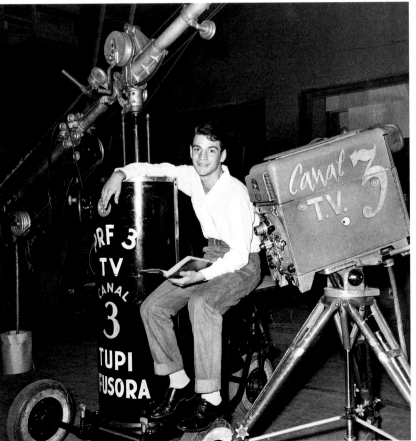

No alto
Elisabeth Darcy e David José

A atriz Wânia Martini

Siomara Nagy, atriz revelada por Geraldo Vietri, diretor do teleteatro *TV de Comédia*

Embaixo
O ator Ubiratan Gonçalves

O ator Natal Saliba

O ator Henrique Martins

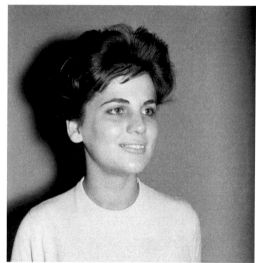

No alto
Glória Menezes, Felipe Wagner, Bertha Zemmel e Older Cazarré em ensaio fotográfico para lançamento de peça teatral

Henrique Canales Jr, sobrinho de Walter Stuart

Embaixo
O cantor Pery Ribeiro

A cantora Márcia, no início da carreira

Técnicos

No começo, na televisão, ninguém tinha uma especialidade. Então todos nós fazíamos de tudo e cada um foi tomando gosto por uma determinada atividade. Uns foram para a iluminação, outros para o som, outros para a parte de câmera, outros para a direção de TV que, no começo, era praticamente só o Cassiano que fazia. O pessoal da câmera era, por exemplo, eu, o Walter Tasca, o Carlos Alberto de Oliveira, depois veio o Luiz Gallon que, com o Ettore Fecarotta (Heitor de Andrade), fazia direção de estúdio, contrarregra e esse negócio todo.

Élio Tozzi em depoimento à Associação Pró-TV

Na página oposta José Ranucci Filho (sonoplasta), Walter Lima (*cameraman*), técnico não identificado, Jair Batista (operador de som), Pedro Tozzi (operador de vídeo).

Agachados, técnico não identificado, Gilberto Bottura (iluminador), José Carlos Garcia (*cameraman*) e técnico não identificado

Walter Lima, Américo Pinheiro (*cameraman*), Pedro Tozzi, Gilberto Bottura, Jair Batista e, agachado, técnico não identificado

Os *cameramen* Luiz Veiga, David Grimberg, Ernesto Ferrari e o diretor de TV Antonino Seabra

Walter Lima

No alto
O *cameraman* Urbano Camargo Neves

O *cameraman* João Dias

Henrique Canales, diretor de estúdio e chefe do departamento de contrarregra

Embaixo
Em pé, Jair Batista e Jerubal Garcia. Sentados, técnico não identificado, o diretor de TV Mário Pamponet e o produtor e diretor de estúdio Mário Mikalsky

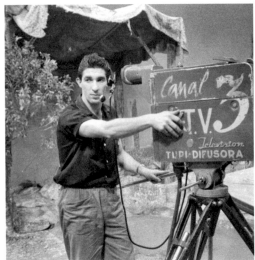

No alto
O *cameraman*
Roberto Adas

José Carlos Garcia

Elisabeth Darcy e o *cameraman* Ernesto Ferrari

Embaixo
O *cameraman*
Jerubal Garcia

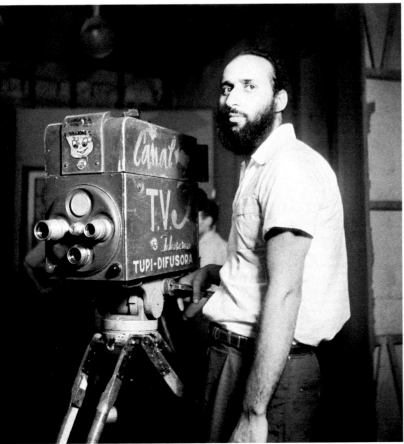

No alto
Os *cameramen*
João Marinoso e
Ernesto Ferrari

O diretor de TV
Humberto Pucca

Técnico não identificado
e Humberto Pucca

Embaixo
O diretor de TV
Nivaldo de Matos

No alto
Walter Lima e
José Carlos Garcia

O sonoplasta
José Ranucci Filho

Embaixo
Técnico não identificado,
o operador de som
Jair Batista (em pé),
Mário Pamponet
e Mário Mikalsky

Jair Batista

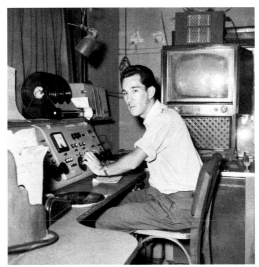

No alto
Antonino Seabra (com fone no ouvido), foi o principal diretor de TV dos teleteatros infantojuvenis de Júlio Gouveia e Tatiana Belinky

Embaixo
José Romaris, chefe do departamento de publicidade, no centro

O diretor de TV Élio Tozzi

No alto
Em pé, o *cameraman* Romeu Sanches e atriz não identificada. Sentados, os *cameramen* Diogo Marcílio e João Marinoso com a atriz Nair Silva

Ernesto Ferrari

Embaixo
O chefe da marcenaria Luiz Enoch

Sentados, técnico não identificado e o operador de vídeo Nadir. Em pé, Marcos Bauman, o técnico Giordano (de óculos) e pessoa não identificada

No alto
O sonoplasta Salatiel Coelho. Trabalhou nos principais teleteatros da PRF3-TV e em quase todos os programas infantojuvenis de Júlio Gouveia e Tatiana Belinky. Compôs trilhas sonoras e escreveu peças teatrais

Embaixo
O operador de vídeo Nadir, técnico não identificado e, ao telefone, Giordano

Marcenaria

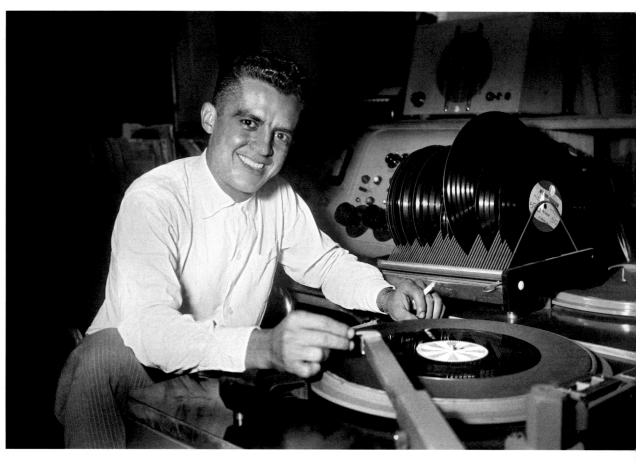

No alto
Maquete

Agachado à direita
Luiz Enoch

Embaixo
O cenógrafo Alexandre Korowaitzik. Foi o responsável pelos cenários da maior parte dos teleteatros da TV Tupi-Difusora na década de 1950, trabalhando ao lado do cenógrafo Klaus Franck

No alto
O transmissor

Embaixo
Pessoal da cenotécnica.
Em pé, à direita, Kenji
Susuki e Péricles (filho
do palhaço Simplício)

Sala do controle geral.
Em pé, de óculos, o
técnico Izidoro

No alto
O departamento de projeção. Em primeiro plano, o técnico Marcos Bauman

O *cameraman* Diogo Marcílio

Embaixo
O operador de vídeo Nicola Del Rossi

As origens do teleteatro: história e personagens

A Cidade do Rádio

Em 1942, nos altos do bairro do Sumaré, a nova sede da PRF3 Rádio Difusora é inaugurada num edifício que causava impressão pela organização e funcionalidade de seus espaços, o primeiro em São Paulo especialmente projetado para abrigar uma estação de rádio. Esta emissora foi fundada em 1934 pelo jornalista e empresário Assis Chateaubriand, numa época em que ele investia na construção dos Diários e Emissoras Associados, grupo de empresas de comunicação que se tornaria na década de 1950 a maior cadeia de jornais, de estações de rádio e de televisão do país. Além da Rádio Difusora, ele possuía ainda em São Paulo os jornais *Diário de São Paulo* e *Diário da Noite*, e a PRG 2 Rádio Tupi, que desde 1937, ano de sua fundação, funcionava num pequeno prédio da rua Sete de Abril, no centro da cidade.

Pouco tempo depois da inauguração do edifício da Rádio Difusora, a Rádio Tupi também se instala no bairro do Sumaré e as duas emissoras passam a funcionar no mesmo local, compartilhando as mesmas instalações técnicas, as mesmas salas de ensaio, o mesmo palco com auditório de aproximadamente duzentos lugares, os mesmos serviços de apoio e o mesmo pessoal técnico e artístico. Nasce assim em São Paulo a "Cidade do Rádio", sede das novas instalações das rádios Tupi-Difusora, uma réplica paulista da Radio City de Nova York. O objetivo de Chateaubriand nesse momento era um só: transformar as rádios Tupi-Difusora nas emissoras líderes de audiência do rádio paulista. Para tanto, seria preciso suplantar a PRA5 Rádio São Paulo, a preferida dos ouvintes, principalmente por causa das novelas de Oduvaldo Vianna.

Quando adquiriu fama na década de 1940 como escritor de radionovelas, Oduvaldo Vianna já era um consagrado dramaturgo, autor de textos de sucesso encenados por companhias teatrais de atores e atrizes famosos. Era também respeitado como roteirista e diretor de cinema por ter realizado no Rio de Janeiro, em 1936, nos estúdios da companhia cinematográfica Cinédia, o filme *Bonequinha de Seda*, estrelado pela atriz Gilda de Abreu. Batendo todos os recordes de bilheteria, o filme foi muito bem recebido pelo público e pela crítica, o que levou Oduvaldo Vianna a iniciar no ano seguinte, 1937, as filmagens de *Alegria*, filme inacabado que mais uma vez trazia Gilda de Abreu no principal papel feminino. Aliás, o filho do autor, Oduvaldo Vianna Filho, bebê ainda, faz uma pequena aparição neste filme, no colo de uma das atrizes – ele que, anos mais tarde, no final década de 1950, iniciaria brilhante carreira de ator e dramaturgo no Teatro de Arena de São Paulo, ao lado de Gianfrancesco Guarnieri.

Depois de passar quase três anos na Argentina, onde dirigiu um filme e trabalhou na rádio El Mundo de Buenos Aires, Oduvaldo Vianna retorna ao Brasil, em 1940, trazendo um novo modelo de escrita radiofônica, um tipo de programa dramático até então inédito, se não no Rio de Janeiro, pelo menos em São Paulo: a novela em capítulos, geralmente três por semana, que permanecia vários meses no ar, contando histórias românticas e dramas passionais carregados de sentimentalismo. Dirigido especialmente ao público feminino, este modelo de novela teve grande impacto no rádio brasileiro, tão importante quanto aquele causado pela televisão 22 anos depois, em 1963, quando, vinda também da Argentina, surge a telenovela em capítulos diários na TV Excelsior de São Paulo.

Contratado em 1941 como diretor artístico da Rádio São Paulo, Oduvaldo Vianna lança nesta emissora a novela *Fatalidade*, de sua autoria, seu primeiro e estrondoso sucesso. Nessa mesma época, a Rádio Nacional do Rio de Janeiro começa a irradiar novelas baseadas em textos radiofônicos cubanos, mexicanos ou venezuelanos, traduzidos e adaptados ao gosto dos ouvintes brasileiros. Seu primeiro grande sucesso foi a novela *Em Busca da Felicidade*, de Leandro Blanco, que permaneceu no ar durante mais de dois anos, entre 1941 e 1943. Esta e outras novelas traduzidas do espanhol e lançadas no Rio de Janeiro começam então a ser irradiadas na capital paulista com o elenco artístico da Rádio São Paulo graças ao acordo firmado entre Victor Costa, diretor do departamento de radioteatro da Rádio Nacional, e Oduvaldo Vianna, cujas novelas também passam a ser irradiadas no Rio de Janeiro com radioatores cariocas.

Na capital paulista, às nove horas da noite, a novela radiofônica andava pelas ruas dos bairros, nos aparelhos ligados de todas as casas por onde se passava. Um belo dia, recebi uma carta do Piolin, o famoso palhaço, que estava no apogeu de sua carreira, datada de Botucatu. O velho amigo me pedia para mudar o horário da novela e explicava: às segundas, quartas e sextas-feiras o circo do famoso cômico ficava às moscas na velha cidade da Sorocabana. Infelizmente não pude atendê-lo. Eu era apenas diretor da rádio e autor da novela, mas na emissora quem mandava, como manda ainda hoje, são as agências de propaganda que compram os horários, a maior parte delas norte-americanas. E elas são inflexíveis...

Oduvaldo Vianna, no livro *Companheiros de Viagem*

A aceitação da novela de rádio foi enorme nas diversas camadas da população. Muitas donas de casa e suas famílias ficavam semana após semana, mês após mês, grudadas no aparelho de rádio, presas sentimentalmente às histórias de mocinhas virtuosas e galãs apaixonados. Não ouviam apenas o desenrolar comovente das tramas amorosas; ouviam também a voz aveludada de locutores que liam anúncios comerciais, geralmente de uma firma de produtos de limpeza, higiene ou beleza. Pouco a pouco esses anúncios foram substituídos por criativos *jingles*, ou reclames musicados, produzidos pelas agências de publicidade. Em razão do alto potencial da radionovela como veículo de propaganda, a Standard Propaganda, uma das primeiras agências brasileiras, fundada no Rio de Janeiro em 1933 por Cícero Leuenroth, chegou a criar em São Paulo, no começo dos anos 1940, um departamento de rádio formado por redatores especializados. Inicialmente, eles começaram fazendo adaptações de novelas escritas em espanhol e, algum tempo depois, passaram a escrever novelas originais brasileiras.

A Standard era a única empresa de propaganda que tinha um departamento de rádio. Nesse sentido, foi a pioneira. [...] Pagando um salário muito bom, ela criou um corpo de redatores de novelas, do qual participavam o Raimundo Lopes, o José Castelar, o José Roberto Penteado, o Péricles do Amaral e o Rubens do Amaral. No começo tínhamos que traduzir novelas cubanas, argentinas e só depois nossos autores entraram. Primeiro entraram os estrangeiros, depois entramos nós.

Heloisa Castelar, em depoimento ao Idart, no livro *O Espetáculo da Cultura Paulista*

Em 1943, as rádios Tupi-Difusora contratam o radialista Octavio Gabus Mendes para chefiar seu departamento de radioteatro. Considerado o mais culto, inteligente e inventivo profissional em atividade no rádio paulista, ele era antes de tudo um apaixonado pela literatura e pelo cinema. Conhecedor de várias línguas, sempre esteve a par do movimento cinematográfico norte-americano desde a década de 1920, época em que iniciou em São Paulo sua vida profissional como jornalista, escrevendo críticas de filmes para as revistas cariocas *Paratodos* e *Cinearte*. Durante os anos da Grande Depressão nos Estados Unidos, na década de 1930, ele acompanhou as transformações pelas quais o rádio norte-americano passou, ocorrendo então uma progressiva valorização dos programas de radioteatro, sobretudo na cidade de Nova York, onde as portas das principais emissoras se abriram para diretores e atores de pequenos grupos teatrais e, também, para novos escritores, roteiristas de cinema e dramaturgos principiantes. Orson Welles, que se tornaria uma das mais expressivas figuras da história do cinema no século XX, encantou-se pelo rádio nesse tempo. Ele atuava numa pequena companhia de teatro e, como muitos outros jovens literatos e teatrólogos da época, revelou-se excelente autor de peças dramáticas escritas especialmente para o rádio, as chamadas *radioplays*. Cada vez mais os programas de radioteatro conquistavam o público norte-americano, apresentando histórias originais baseadas em fatos reais, em notícias de jornais e em situações humanas vividas por personagens da classe média e da classe operária. No mais das vezes, as histórias falavam do cotidiano da população das grandes cidades, de seus dramas, tristezas e esperanças, mas eram contadas como se fossem filmes, sempre pontuadas por temas e acordes musicais, com tom e ritmo próprios da narrativa cinematográfica.

Octavio Gabus Mendes observou isso tudo, ele que também tinha sido roteirista e diretor de cinema no início dos anos 1930 no Rio de Janeiro. Inspirando-se em escritores norte-americanos de *radio-play*, como Norman Corwin e Arch Oboler, e na forma sucinta e direta dos diálogos de alguns experimentados roteiristas cinematográficos, como Ben Hecht (um dos roteiristas do filme *No Tempo das Diligências*, de John Ford) e Herman Mankiewicz (que trabalhou ativamente com Orson Welles no roteiro do filme *Cidadão Kane*), tratou logo de implantar esse estilo de narrativa dramática nas emissoras paulistas. Primeiro, fez algumas tentativas na Rádio Record, depois, na Rádio Bandeirantes e, por fim, entre 1943 e 1945, lança na Tupi-Difusora vários programas de radioteatro. A qualidade literária inovadora de seus textos transparecia tanto nos diálogos concisos do programa *Encontro das Cinco e Meia*, escrito especialmente para o público feminino da programação vespertina, quanto nas peças originais ou nas adaptações de textos literários que fazia para os espetáculos de radioteatro com mais de uma hora de duração. Dentre esses, destacavam-se nessa época o *Romance Valery*, o *Grande Teatro Tupi* e, principalmente, o *Cinema em Casa*, uma radiofonização de histórias adaptadas de filmes e de roteiros de cinema. Entretanto, sua preocupação não se limitava apenas ao tipo de história, à forma narrativa e ao estilo de diálogos. Ele também se interessava por música e por efeitos de sonoplastia, elementos importantes, conforme dizia, para a recriação no rádio do clima dramático presente em toda obra cinematográfica. E, mais do que isso, interessava-se também pela qualidade artística da interpretação, pelo talento dos radioatores e radioatrizes que eram por ele estimulados a traduzir com a voz, fosse ela rouca ou límpida, grave ou aguda, o estado emocional e as peculiaridades psicológicas das personagens que deviam interpretar.

No início do ano de 1944, ocorre o encontro de Octavio Gabus Mendes com o advogado baiano Dermival Costa Lima, nascendo entre eles uma sólida amizade. Saído da Ceará Rádio Clube de Fortaleza, comprada por Assis Chateaubriand e incorporada ao grupo das Emissoras Associadas, Dermival Costa Lima assume nessa época a direção artística geral das rádios Tupi-Difusora e logo começa a incentivar a produção de programas de radioteatro.

Ele [Octavio Gabus Mendes] foi o maior homem de rádio que eu conheci em toda a minha vida. Era um sujeito de exceção, tinha uma imaginação extraordinária e uma capacidade de trabalho fora do comum. Escrevia programas de qualidade, sempre, grandes programas, grandes adaptações, iniciativas fabulosas que só mesmo ele podia ter. Escrevia uma peça por semana, teatro, cinema, adaptações de filmes. Ele sentava diante da máquina de escrever e era um negócio realmente extraordinário. Ele foi realmente o primeiro profissional de rádio que pensou em termos de televisão.[...] A gente até achava graça: "Ora, Octavio, você é um sonhador, está pensando em televisão!" "Por que não? A televisão já existe." Ele mandava buscar livros na América, na Inglaterra, na Alemanha. Era um poliglota, um sujeito extraordinário e já estudava televisão.

Dermival Costa Lima, em depoimento ao Idart, no livro *O Espetáculo da Cultura Paulista*

Eu tinha intenção de fazer radioteatro. Usar orquestras, em larga escala, era impraticável. Tinha novas ideias e estudava, cuidadosamente, o rádio norte-americano. A primeira coisa que fiz, nas horas de folga que o microfone me dava, foi organizar a discoteca da estação. Precisava de ruídos, de música, de discos.

Octavio Gabus Mendes, no livro *Octavio Gabus Mendes, do Rádio à Televisão*

Por esse tempo, pelas mãos de Octavio Gabus Mendes, iniciam a carreira no Sumaré pelo menos quatro importantes artistas que, anos depois, na década de 1950, tiveram destacada atuação nos programas de teleteatro da TV Tupi-Difusora. Um deles foi Dionísio Azevedo, ele também um apaixonado por cinema desde menino, quando assistia no interior de Minas Gerais aos filmes que, de vez em quando, os mascates projetavam ao ar livre na praça principal de sua cidadezinha natal. Com os pais e irmãos, chega a São Paulo no final dos anos 1930 e, algum tempo depois, em 1942, com vinte anos de idade, sempre buscando se aproximar da gente de cinema, passa a frequentar um pequeno grupo de jovens cinéfilos que se reunia no bairro da Bela Vista. Desse grupo participavam Octavio Gabus Mendes e um jovem também amante de cinema, Lima Barreto, que o acolhe como amigo e que, dez anos depois, realizaria o premiado filme *O Cangaceiro*. Em 1943, começa a trabalhar como locutor e radioator na Rádio Difusora.

Outro radioator revelado por Octavio Gabus Mendes foi Fernando Baleroni, estudante de medicina que abandonou o curso em 1944, após ter sido aprovado no teste de radioator na Rádio Difusora. Nesse mesmo ano, Heitor de Andrade também abandona o curso de Química na Universidade de São Paulo, depois de passar no teste que fez na Tupi-Difusora. Enquanto estudante, ele participava do Grupo Universitário de Teatro, o famoso GUT da Faculdade de Filosofia, dirigido pelo então jovem professor secundarista e crítico teatral Décio de Almeida Prado. Desse grupo teatral amador também fazia parte um jovem locutor da Rádio Tupi, Maurício Barroso, irmão da hoje famosa cantora Inezita Barroso. Foi ele quem levou Heitor de Andrade ao Sumaré para fazer o teste de locutor e radioator. Por fim, também em 1944, aos dezessete anos de idade, Lia de Aguiar recebe de Octavio Gabus Mendes seu primeiro papel dramático e inicia a carreira de radioatriz na Tupi-Difusora.

Conversei com ele e disse que gostaria de trabalhar nos seus programas. Acho que ele não confiava muito em mim porque só me conhecia fazendo papéis de criança. Mas acabou me chamando para participar de um programa chamado *Romance Valery*. [...] O Octavio Gabus Mendes não costumava escrever novelas. Ele fazia muito aqueles programas românticos da tarde, teatrinho das cinco horas, *Encontro das Cinco e Meia*, que eram historinhas curtas. [...] E fazia, também, coisas mais ousadas, como adaptações de romances de grandes escritores. Por exemplo, ele apresentou em capítulos o romance *Quo Vadis* e acredito que tenha sido este o meu primeiro grande trabalho como radioatriz na Difusora. Ele era um homem muito inteligente, entendia de cinema, de música, e foi um dos grandes nomes do rádio paulista. Tudo o que fazia era muito bonito e caprichado.

Lia de Aguiar, em depoimento à Associação Pró-TV

As rádios Tupi-Difusora conseguem finalmente conquistar a liderança da audiência em São Paulo. Porém, isto acontece somente após a contratação de Oduvaldo Vianna. Ele vem para as Emissoras Associadas em 1945 trazendo consigo os radialistas Dias Gomes, que iniciava sua carreira como autor teatral e redator de radioteatro; Túlio de Lemos, redator e produtor de programas; Cesar Monteclaro, locutor e radioator; Sonia Maria, famosa radioatriz desde os primeiros tempos de Oduvaldo na Rádio São Paulo; e, um pouco mais tarde, a mocinha Vida Alves, que principiava sua carreira no rádio como radioatriz. Eles todos tinham trabalhado com Oduvaldo Vianna na Rádio Panamericana, emissora fundada em 1944, da qual ele era um dos sócios, e que está na origem da atual Rádio Jovem Pan.

Com a chegada de Oduvaldo Vianna, cada emissora do Sumaré passa a ter seu próprio departamento de radioteatro e o *cast* de locutores e radioatores é dividido, formando-se dois elencos: um vai para a Tupi, sob a direção de Oduvaldo Vianna, e outro fica na Difusora, sob a direção de Octavio Gabus Mendes. A partir desse momento, a PRG2 Rádio Tupi, "a mais poderosa emissora paulista" conforme era anunciada por seus locutores, começa a irradiar as novelas de Oduvaldo Vianna, algumas delas já apresentadas anos antes na Rádio São Paulo.

Entrei na Tupi-Difusora, em 1945, como radioator, como galã das novelas do Oduvaldo Vianna. [...] Perdi a conta do número de novelas que fiz. Mas, confesso, tenho o orgulho de ter feito as mais lindas novelas do nosso rádio. Isso não é mérito meu, absolutamente. Fiz, porque trabalhava com o maior autor de novela do rádio brasileiro, que era o Oduvaldo Vianna. Não há quem não se lembre de *Fatalidade, Renúncia, Recordações de Amor, Predestinada, Pelos Caminhos da Vida, Uma Vida de Mulher* e de tantas e tantas outras lindas novelas. [...] Andava-se pela rua, à noite, nas calçadas, e podia-se acompanhar um capítulo de novela, pois as janelas das casas ficavam abertas. Todas as casas tinham seus rádios sintonizados, primeiro na Rádio São Paulo, que nos primeiros tempos dominou a audiência, depois na Panamericana e, mais tarde, na Tupi-Difusora.

César Monteclaro, em depoimento à Associação Pró-TV, no livro *Pioneiros do rádio e da TV no Brasil*

Entretanto, bem no início do ano de 1946, cerca de seis meses após a contratação de Oduvaldo Vianna, Octavio Gabus Mendes deixa a Tupi-Difusora e vai para a Rádio Bandeirantes levando consigo seu filho Cassiano Gabus Mendes que, desde os doze anos de idade, quando principiava os estudos secundários, vinha trabalhando ao lado do pai como radioator mirim e aprendiz de redator. Na Rádio Bandeirantes, Octavio reencontra sua amiga Ivani Ribeiro, redatora de radioteatro que pouco tempo antes, em meados de 1945, também tinha deixado o Sumaré. Os dois se conheceram em 1939 nessa mesma Rádio Bandeirantes, quando ela, bem mais jovem que ele, iniciava sua carreira no rádio como redatora e radioatriz do programa *Teatrinho da Dona Chiquinha*. Nessa época, incentivada por ele, ela estuda taquigrafia e começa a copiar os diálogos dos filmes diretamente da tela para apresentá-los depois em programas de radioteatro. Realizou esse trabalho por muito tempo, adquirindo fama e respeito profissional até tornar-se, na década de 1960, uma das principais escritoras de telenovelas da televisão brasileira.

Pois foi nesse ano de 1946, na Rádio Bandeirantes, que Cassiano Gabus Mendes, já com a idade de dezenove anos, conhece Walter George Durst, um jovem de 24 anos, também apaixonado por cinema e literatura, que havia abandonado os estudos de filosofia na cidade paulista de Campinas para trabalhar no rádio como redator e produtor de programas. Antes de vir para a Rádio Bandeirantes, ele teve uma curta passagem pela Rádio Cultura, no final do ano de 1945, época em que decidiu também abandonar a vida de bancário, pois enquanto estudante sempre manteve seu emprego no Banco do Estado de São Paulo. Na Rádio Cultura, começou timidamente produzindo e escrevendo durante alguns meses um programa intitulado *Universidade Alegre*. Dele participavam estudantes secundaristas e universitários que iam expor no rádio suas ideias a respeito de algum tema ligado à arte e à cultura ou ler diante do microfone alguma crônica ou poesia. Foi nesse programa que ele conheceu a jovenzinha de dezessete anos, Bárbara Fázio, filha de calabreses, por quem se apaixonou depois de ouvi-la declamar uma poesia da poetisa chilena Gabriela Mistral. Na Rádio Bandeirantes, em 1946, além do programa *Universidade Alegre*, ele começou a redigir e produzir o programa *História Universal*. Só que nesse momento já não mais estava sozinho no trabalho de pesquisa histórica e de redação dos textos, tinha uma colaboradora muito especial, a jovem Bárbara Fázio, agora sua namorada, com quem se casaria no ano de 1950 e que o acompanharia por toda a vida.

Por esse tempo, havia uma coisa realmente importante que era o rádio – importante noutro sentido muito diferente de hoje. [...] O rádio era a grande forma de comunicar, de expor ideias, de falar com os outros de um modo geral. O auditório era frequentado por intelectuais também, não era assim como hoje, não, só classe C. Era muito comum encontrar em auditórios de rádio – eu me lembro bem como era na Tupi – professores, artistas, uma mistura de boemia e intelectualidade. Eu então, que gostava de cinema, mas queria me comunicar, procurei arranjar um lugar no rádio.

Walter George Durst, no livro *Burguesia e Cinema, o Caso Vera Cruz*

Para a carreira radiofônica de Walter George Durst, foi decisivo seu encontro na Rádio Bandeirantes com Octavio Gabus Mendes e seu filho Cassiano Gabus Mendes. Ele e Cassiano passaram logo a cuidar dos programas escritos por Octavio, dedicando-se especialmente à realização de dois radioteatros: *Cinema em Seu Lar*, uma reprodução do *Cinema em Casa* da Rádio Difusora, e *O Avesso da História*, que revelava os bastidores dos grandes acontecimentos históricos através das intrigas e dramas pessoais vividos por determinados personagens.

Todavia, no dia 13 de setembro de 1946, aos quarenta anos de idade, Octavio Gabus Mendes tem morte prematura em consequência de doença no coração. Cassiano Gabus Mendes retorna então à Tupi-Difusora, trazido de volta por Dermival Costa Lima. Walter George Durst vai com ele para o Sumaré e, assim, é mantida a boa dupla que os dois formavam na Rádio Bandeirantes, redigindo e adaptando textos para os programas de radioteatro. A partir desse momento, voltam ao ar na Tupi-Difusora os programas *Cinema em Casa* e *Grande Teatro Tupi*, criados anos antes por Octavio Gabus Mendes.

Os Irmãos Karamazov, de Dostoiévski, no *Grande Teatro Tupi*, apresentado em duas épocas (1a. e 2a. parte) na Rádio Tupi, aos domingos às 13 horas. No *Grande Teatro Tupi* já foram levados ao ar autores como Garcia Lorca, O'Neill, Saroyan, Nelson Rodrigues, Koestler, Jorge Amado e também magníficos originais de Cassiano Gabus Mendes e Walter George Durst.

Arnaldo Câmara Leitão, em crítica publicada no *Diário de São Paulo*.

Desejamos, no entanto, salientar o trabalho de Walter George Durst e Cassiano Gabus Mendes, dois jovens radialistas de grande capacidade e bom gosto em matéria de radioteatro. Ainda domingo último tivemos a oportunidade de ouvir deles, na Tupi-Difusora, às 13 e 20 horas respectivamente, *O Mágico de Oz* e *Monsieur Verdoux*, essas duas joias do cinema trasladadas com amor e perícia para o sem-fio.

Arnaldo Câmara Leitão, em crítica publicada no *Diário da Noite*

Esse negócio de radiofonizar filmes fazia um sucesso louco. [...] Quando eu entrei no negócio, todas as agências estavam divididas entre o Octavio Gabus Mendes e Ivani Ribeiro; qualquer outro que chegasse numa agência distribuidora procurando *script* não conseguia nada. Quando morreu o Octavio Gabus Mendes, me deram o programa dele e eu não tinha agência nenhuma. Então, entrava na United, na Columbia, não conseguia nada. Uma luta incrível. Tentei taquigrafar os filmes, ia ao cinema com a namorada e a gente dividia os diálogos, eu ficava com os homens e ela com as mulheres, incomodava loucamente os vizinhos, mas talvez por causa dessa loucura saíam bons programas. E eu entrei na coisa, ficamos eu e a Ivani Ribeiro, depois chegou um momento em que eu era o dono absoluto do negócio. Aonde eu ia, qualquer agência me dava *scripts* e até me agradeciam, tal a popularidade do programa. Isso durante anos e anos.

Walter George Durst, no livro *Burguesia e Cinema, o Caso Vera Cruz*

O *Grande Teatro Tupi* representa ao que parece a audição radioteatral de vanguarda entre nós. [...] **Com aquele ardor juvenil próprio, aquele idealismo generoso da idade, os jovens Walter George Durst e Cassiano Gabus Mendes, contando com a colaboração de sensíveis elementos novos do *cast*, lançam-se à descoberta de efeitos inéditos de som, eco, plano e ambiente, numa preocupação plástica realmente soberba.**

Arnaldo Câmara Leitão, em crônica no *Diário da Noite*

O ano de 1948 foi de grande animação no Sumaré. Pela primeira vez, os artistas do rádio puderam executar um trabalho diante das lentes de uma câmera, não câmera de TV, mas de cinema. No começo do ano, Oduvaldo Vianna realizou o curta-metragem *Chuva de Estrelas*, filme documentário em 16mm que mostrava como era a vida na Cidade do Rádio, os artistas atuando nos programas de radioteatro e radionovela, ensaiando e lendo os *scripts* diante dos microfones, os locutores apresentando, à noite, o famoso *Grande Jornal Falado Tupi* e, pela manhã, o *Matutino Tupi*, programas jornalísticos comandados pelo jornalista Corifeu de Azevedo Marques. Nesse documentário apareciam também imagens das rotativas do jornal *Diário de São Paulo* e alguns números musicais do tipo dos atuais *videoclips*, pequenas cenas musicadas com participação da então famosa cantora portuguesa Arminda Falcão, da cantora Hebe Camargo, que iniciava sua carreira, e das radioatrizes Lia de Aguiar, Vida Alves e Helenita Sanches.

Na verdade, *Chuva de Estrelas* foi produzido com a finalidade de divulgar os jornais dos Diários Associados no interior do Estado, havendo um particular interesse na promoção do jornal *Diário de São Paulo*. Esse documentário começou então a ser projetado em cinemas do interior durante a apresentação de um grande show de variedades, com quadros humorísticos, números musicais, esquetes de radioteatro e brincadeiras de auditório, que os artistas da Tupi-Difusora costumavam realizar em suas excursões periódicas por cidades do interior paulista, excursões batizadas com o nome de *Brigadas da Alegria*.

Mas nesse ano de 1948, o acontecimento mais importante mesmo na Cidade do Rádio foi a realização do filme de longa-metragem *Quase no Céu*. Assis Chateaubriand, que já negociava com o grupo empresarial norte-americano Radio Corporation of America – RCA – a compra dos equipamentos para a instalação da televisão no Brasil, decide criar uma empresa produtora de filmes, os Estúdios Cinematográficos Tupi, cuja direção artística é entregue a Oduvaldo Vianna. Por certo, nesse momento ele acompanhava os movimentos em direção ao teatro e ao cinema de figuras expressivas da sociedade paulistana lideradas pelo engenheiro italiano Franco Zampari e por Francisco Matarazzo Sobrinho, o conhecido Ciccillo Matarazzo, marido de sua estimada amiga Yolanda Penteado. Estes dois industriais articulavam nessa época a criação da Sociedade Brasileira de Comédia, entidade sem fins lucrativos que garantiria os recursos financeiros para a fundação do Teatro Brasileiro de Comédia, o TBC, inaugurado no final desse mesmo ano de 1948 com o propósito de abrigar os grupos amadores do teatro paulista. Além disso, eles desenvolviam projetos para a construção de grandes estúdios de cinema no município de São Bernardo do Campo, em terreno pertencente a Ciccillo Matarazzo, para a instalação da Cia. Cinematográfica Vera Cruz, fundada no ano seguinte, em 1949.

Assis Chateaubriand, longe de qualquer preocupação de construir teatro ou erguer estúdios de cinema, resolve então produzir um filme de longa-metragem. A história ele sabia que podia deixar sob a responsabilidade de Oduvaldo Vianna, o grande escritor de radionovelas e reconhecido diretor de cinema. Sabia também que não enfrentaria problemas para reunir um bom elenco artístico, pois no Sumaré dispunha de orquestra, músicos, maestros, cantores, compositores, sem contar o excelente *cast* de radioatores e radioatrizes das rádios Tupi-Difusora. Para o lançamento e divulgação do filme também não haveria problemas, pois se incumbiriam disso os jornais, rádios e revistas dos Diários e Emissoras Associados já espalhados por quase todo o país. Em suma, o que faltava para que o filme começasse a ser rodado era tão somente conseguir ter à mão algum dinheiro vivo, coisa que para ele não era muito difícil, já que sabia muito bem como envolver financeiramente em seus projetos certos empresários, industriais e homens de negócios.

Foi assim que, no mês de junho de 1948, em locações nas cidades de Campos do Jordão, São Paulo e Guarujá, os Estúdios Cinematográficos Tupi iniciaram as filmagens de *Quase no Céu*, seu primeiro e único filme, que teve argumento, roteiro e direção de Oduvaldo Vianna. Num clima de grande euforia, estimulado pelas reportagens e entrevistas com artistas publicadas na revista *O Cruzeiro* e nos jornais *Diário da Noite* e *Diário de São Paulo*, o filme *Quase no Céu* teve estreia espetacular, em estilo hollywoodiano, no dia 25 de maio de 1949, sendo lançado simultaneamente em doze cinemas da capital paulista.

O Oduvaldo achou que utilizar o elenco de artistas do rádio num filme poderia dar um bom resultado em termos de interesse do público. E ele estava certo, porque os cinemas que exibiram o filme *Quase no céu* tiveram suas portas arrebentadas, tamanhos eram o volume e a ansiedade do público que queria ver no cinema os mais famosos radioatores daquele momento. Nesse filme, eu fazia dupla com um outro menino, o ator e cantor Erlon Chaves, que se transformou com o passar do tempo num grande maestro arranjador.

Walter Avancini, em depoimento à Associação Pró-TV, no livro *Pioneiros do Rádio e da TV no Brasil*

***Quase no céu* é um filme de enredo. Mas aproveitando o desenvolvimento da história, apresenta deliciosas músicas dos maestros Marcelo Tupinanbá e Spartaco Rossi, lindas danças com coreografias de Marília Franco, do corpo de baile do Theatro Municipal, e também as mais bonitas vozes do nosso rádio, em sentimentais canções da nossa terra.**

Crítica da época no *Diário de São Paulo*

Noite de festa na roça! Quando a lua cheia apareceu no céu estrelado, os caboclos foram tomando o rumo da casa-grande. Logo surgiram violões e uma sanfona, cantorias e danças. Toda a poesia de uma verdadeira festa na roça aparece em *Quase no Céu*, realizado por Oduvaldo Vianna para o Studio Cinematográfico Tupi.

Crítica da época no *Diário da Noite*

Cantigas de Portugal! Neste brasileiríssimo *Quase no Céu*, que o Studio Tupi lançará dentro em breve, apesar de ser um filme de enredo, Oduvaldo Vianna inclui algumas canções, alguns números de canto. Teve a feliz ideia de apresentar uma cançoneta italiana e um bom fado português, prestando assim uma homenagem interessante e significativa aos dois povos amigos.

Crítica da época no *Diário de São Paulo*

No final do ano de 1949, Cassiano Gabus Mendes segue para Nova York para fazer um estágio na estação WNBT, pertencente à rede de televisão NBC (National Broadcasting Company). Nessa época, quatro redes comerciais de TV funcionavam nos Estados Unidos: a NBC, a CBS (Columbia Broadcasting System) e as redes ABC (American Broadcasting Company) e DuMont. Dentre elas, a mais rica e a mais bem equipada era a NBC, subsidiária da RCA (Radio Corporation of America), poderoso grupo industrial fabricante de aparelhos e equipamentos de radiodifusão e telecomunicação. Logo após o fim da Segunda Guerra Mundial, em 1945, pouco a pouco essas redes se consolidaram e ampliaram seu raio de atuação na costa leste do país, com uma programação gerada em Nova York que inicialmente não ultrapassava quatro horas diárias. Os programas eram transmitidos ao vivo para as regiões próximas da ilha de Manhattan, via cabo ou por meio de estações retransmissoras. As transmissões em rede nacional só iriam acontecer a partir de 1951, após a Americam Telephone and Telegraph (AT&T) completar a ligação a cabo entre as costas leste e oeste.

Para o jovem Cassiano Gabus Mendes, no vigor de seus 22 anos de idade, a chegada a Nova York foi um deslumbramento. A Segunda Grande Guerra tinha chegado ao fim havia pouquíssimos anos, e a população nova-iorquina parecia querer mesmo desfrutar os novos tempos de paz e esquecer os dias incertos vividos durante o conflito mundial. Nesse final do ano de 1949, a cidade já ostentava o antigo brilho e glamour dos áureos tempos do *show business*, vivendo um animado clima de festa proporcionado pelos programas de auditório de rádio e TV, pelos diversos shows musicais, pelos constantes lançamentos de filmes e pelos espetáculos teatrais.

O que Cassiano Gabus Mendes mais conhecia dos Estados Unidos eram os filmes de Hollywood. Ele exultou em seu primeiro passeio pela Broadway quando viu o nome de John Huston iluminado num grande cartaz na entrada de uma sala de cinema. Ele sabia quem era John Huston, o diretor do famoso filme *Relíquia Macabra* (*The Maltese Falcon*), realizado em 1942, sempre citado por seu pai, e sabia até quem era o autor da história, Dashiell Hammett, também muito comentado por seu pai nos tempos em que ele escrevia o programa *Cinema em Casa* na Rádio Difusora. E, agora, que maravilha, ele ali em Nova York diante do cartaz do novo filme de John Huston, *O tesouro de Sierra Madre*, ganhador nesse ano de 1949 dos Oscars de melhor roteiro e melhor direção, trazendo num dos principais papéis o mesmo ator de *Relíquia Macabra*, o grande Humphrey Bogart! Aliás, esse filme, *O Tesouro de Sierra Madre*, ele e Walter George Durst iriam adaptar sete anos depois, em 1956, e apresentar no teleteatro *TV de Vanguarda* da TV Tupi-Difusora, trazendo no papel de Humphrey Bogart o também grande ator Lima Duarte, no início de sua brilhante carreira.

No mês de janeiro de 1949, quase um ano antes dessa viagem de Cassiano Gabus Mendes aos Estados Unidos, o engenheiro das Emissoras Associadas, Mário Alderighi, e seu assistente, Jorge Edo, tinham sido recebidos em Nova York por engenheiros e técnicos norte-americanos para fazerem estágios em estações da rede NBC. Diferentemente deles, Cassiano Gabus Mendes não estava interessado em obter informações sobre o funcionamento técnico da televisão. O que ele pretendia em seu estágio na TV norte-americana era sobretudo duas coisas: conhecer a programação artística das redes de TV, saber que tipos de programa eram transmitidos, ver como eram realizados e, particularmente, aprender a operar a mesa de cortes, o chamado *switch*, onde se fazia a seleção das imagens que iam ao ar. Logo de início, ele notou que a programação da televisão não se diferenciava muito da programação das rádios que ele conhecia em São Paulo. De uma maneira geral, os principais programas da televisão, aqueles que alcançavam maior audiência e, não por acaso, tinham os melhores patrocinadores, eram, como no rádio paulista, as transmissões de eventos esportivos, os shows musicais e humorísticos de auditório, os noticiários jornalísticos e os programas de entrevistas. Mas havia uma diferença fundamental: enquanto nas principais emissoras de rádio de São Paulo e do Rio de Janeiro as novelas em dois ou três capítulos semanais tinham presença destacada, permanecendo vários meses no ar sempre com grande audiência e possuindo importantes patrocinadores, na programação da televisão norte-americana elas praticamente não existiam, as chamadas *soap operas* não tinham invadido ainda as redes de TV. Na verdade, o que fazia mesmo grande sucesso e ocupava lugar de destaque na programação das redes de TV eram os programas de teleteatro.

Foi com surpresa que Cassiano Gabus Mendes constatou a importância e prestígio dos teleteatros na televisão. Realmente, a cada semana, eram apresentados vários programas dramáticos com histórias inéditas de meia hora ou de uma hora de duração, realizados nos estúdios de Nova York e transmitidos ao vivo em horário nobre. A rede CBS, por exemplo, que concorria diretamente com a rede NBC, colocava no ar aos domingos à noite, alternadamente, os excelentes teleteatros *Ford Theater* e *Studio One*, duas séries dramáticas originárias do rádio que apresentavam espetáculos teleteatrais com uma hora de duração. A rede ABC, por sua vez, possuía a prestigiosa série dramática *Actor's Studio*, que apresentava, também aos domingos à noite, uma história inédita com meia hora de duração. Isto sem contar as importantes séries dramáticas da rede NBC, *Chevrolet Tele-Theater* e *Colgate Theater*, com teleteatros semanais de meia hora, e as séries *Kraft Television Theatre* e *Philco Television Playhouse*, que apresentavam semanalmente teleteatros com uma hora de duração.

Na noite do dia 7 de dezembro de 1949, Cassiano Gabus Mendes pôde assistir pela rede NBC a uma adaptação da peça *A Comédia dos Erros*, de Shakespeare, no programa de teleteatro *Kraft Television Theatre*, série dramática patrocinada pela indústria de alimentos Kraft Foods Company. Todas as quartas-feiras, às 21 horas, era apresentado um teleteatro completo neste programa, sempre com elenco e histórias diferentes. Ele ficou entusiasmado pois, pouco tempo antes, Walter George Durst e ele haviam apresentado Shakespeare na Rádio Difusora de São Paulo, uma adaptação do filme *Macbeth*, dirigido por Orson Welles em 1948. Ele observou com admiração como tudo era muito bem feito, que ótimos atores, que iluminação, que trabalho de direção havia nesse *Kraft Television Theatre*, teleteatro que permaneceu onze anos no ar, de 1947 a 1958, sempre ao vivo. Era uma produção da agência de publicidade J. Walter Thompson que, desde a década de 1930, atuava no rádio produzindo programas dramáticos de grande prestígio, entre eles o *Lux Radio Theatre*, criado em 1936 e no ar até 1955. Aliás, Cassiano Gabus Mendes conhecia muito bem este radioteatro, pois foi inspirado nele que seu pai criou, em 1943, na Rádio Difusora, o programa *Cinema em Casa*. Com textos muito bem cuidados, excelentes trilhas sonoras e surpreendentes efeitos de som, o *Lux Radio Theatre* fazia adaptações de roteiros cinematográficos e convidava grandes estrelas de Hollywood para interpretar ao vivo os mesmos papéis que haviam representado nos filmes em cartaz nos cinemas.

Em Nova York, foi no estúdio 8G, o mais moderno da NBC, que Cassiano Gabus Mendes fez seu aprendizado como operador da mesa de cortes, função que na televisão brasileira acabou recebendo o nome de direção de TV. Nesse estúdio, além do *Kraft Television Theatre*, era realizado o célebre *Philco Television Playhouse*, outra série dramática iniciada em 1948 que, nas noites de domingo, às 21 horas, apresentava um espetáculo teleteatral inédito, ao vivo. Ele acompanhou bem de perto o trabalho das equipes técnica e artística desses dois teleteatros. Conheceu Stanley Quinn, o produtor e diretor do *Kraft Television Theatre*, e conviveu por mais de um mês com o famoso produtor e diretor do teleteatro *Philco Television Playhouse*, Fred Coe, profissional com formação teatral que abriu as portas da televisão para muita gente da Broadway, do teatro universitário e dos grupos teatrais comunitários, reunindo em torno de si excelentes escritores e adaptadores, entre eles Gore Vidal, e diretores como Vincent Donahue, Delbert Mann e Arthur Penn.

Cassiano Gabus Mendes não chegou a conhecer o diretor Vincente Donahue, que fazia sucesso dirigindo espetáculos na Broadway. Também não teve contato com Arthur Penn que, alguns anos depois, se tornaria um dos mais importantes cineastas norte-americanos. Na época de seu estágio na NBC, esses dois diretores ainda não tinham entrado na equipe de direção do *Philco Television Playhouse*. Mas, muito provavelmente, deve ter acompanhado o trabalho de Delbert Mann na sala de controle, junto à mesa de cortes, durante as transmissões do programa. Deve ter observado com atenção o procedimento dos técnicos que ali trabalhavam em equipe, todos atuando de modo entrosado, o sonoplasta, o operador de vídeo, o operador de áudio, o operador da mesa de corte e o diretor Delbert

Mann, que a todo instante conferia os rabiscos feitos em seu *script* durante os ensaios, seguindo os diálogos e as marcações de câmera. Deve ter ficado impressionado com a agilidade e vigor deste diretor que, sempre de olho nos monitores à sua frente e nas imagens vindas das três câmeras em operação no estúdio, dava ordens em voz alta ao sonoplasta e ao operador do *switch*, preparando o próximo corte de câmera. Nessa hora, o que Cassiano devia ouvir era mais ou menos isto: "Atenção, câmera 2, mantenha o plano médio!... Atenção, câmera 1, preparar close da mulher! Corte na reação de espanto dela... Atenção, dez segundos! Atenção, áudio! Acorde no close! Atenção, close dela, agora! Vai, vai! Corta!". E ele, Cassiano, via que neste exato instante o operador da mesa de cortes apertava o botão correspondente à câmera 1, o sonoplasta soltava o acorde musical e, junto com o efeito de som, entrava no ar o close do rosto da atriz enchendo a pequena tela da TV.

Foi assim, nos teleteatros da rede NBC, que o jovem Cassiano Gabus Mendes adquiriu seus primeiros conhecimentos sobre o trabalho artístico na televisão e sobre como fazer a seleção das imagens na mesa de cortes. Ele aprendeu muito observando de perto o trabalho de produtores e diretores como Fred Coe e Delbert Mann. Aliás, seis anos depois, em 1956, Delbert Mann ganharia o Oscar de melhor diretor com o filme *Marty*. E precisamente no dia 2 de março de 1958, Cassiano Gabus Mendes e Walter George Durst apresentariam uma adaptação deste filme no teleteatro *TV de Vanguarda*, criado por eles.

Quando surge em São Paulo a PRF3-TV Tupi-Difusora, no dia 18 de setembro de 1950, os artistas da Cidade do Rádio que foram atuar diante das câmeras da televisão possuíam apenas uma pequena experiência artística adquirida praticamente nos trabalhos que vinham realizando como locutores e radioatores. Eram quase todos muito jovens ainda. Lia de Aguiar, por exemplo, a estrela das novelas de Oduvaldo Vianna, tinha só 23 anos quando apareceu pela primeira vez no vídeo como apresentadora do programa inaugural da televisão. Deste programa também participaram Yara Lins e Lolita Rodrigues, uma com vinte e outra com 21 anos de idade, respectivamente. A cantora Hebe Camargo tinha comemorado seus vinte anos havia pouco tempo, quase na mesma data do aniversário da radioatriz Vida Alves, dois anos mais velha que ela. Cassiano Gabus Mendes tinha somente 23 anos quando assumiu o posto de diretor artístico da PRF3-TV, a mesma idade do jovem desenhista paranaense Mario Fanucchi, que iniciava então sua carreira na Rádio Tupi como locutor do programa jornalístico *Matutino Tupi*. Com 21 anos de idade, o jovem Júlio Nagib também iniciava sua carreira como locutor na Tupi-Difusora. Lima Duarte, um ano mais moço, atuava no rádio como sonoplasta e começava a dar seus primeiros passos na carreira de radioator. Já os extraordinários radioatores Heitor de Andrade e Dionísio Azevedo eram um pouco mais velhos, tinham 28 anos, a mesma idade de Walter George Durst. Na faixa dos 33 anos, estavam Walter Forster e Ribeiro Filho, radioatores e, sobretudo, excelentes redatores de radioteatro que, logo no início da PRF3-TV, foram responsáveis por uma série de programas de teleteatro. O prestigioso locutor e apresentador Homero Silva tinha 32 anos, e o produtor e apresentador Aurélio Campos, 36. Entre os mais velhos, aqueles que beiravam os quarenta anos de idade ou um pouco mais, figuravam a radioatriz e comediante Maria Vidal, a radioatriz Norah Fontes e o excelente produtor e redator Túlio de Lemos.

Sobre o funcionamento artístico da televisão, ninguém sabia nada, mesmo. O Cassiano Gabus Mendes, muito jovem ainda, tinha apenas 23 anos, foi guindado pelo Costa Lima ao cargo de diretor artístico da TV Tupi. Ele sabia alguma coisa de cinema. O Walter George Durst e o Dionísio Azevedo, também. Os três gostavam muito de cinema, viviam assistindo a todos os filmes e discutindo os roteiros cinematográficos. Então, a partir do cinema, tinham realmente alguma noção de televisão. Mas nós, radioatores e radioatrizes, dispúnhamos apenas de nossa voz, que era nossa única ferramenta de trabalho: éramos um grupo de sonhadores que fazia rádio, que só sabia usar a voz e que aprendeu a manejar com perfeição todas as ferramentas necessárias para o desenvolvimento desse grande veículo de comunicação que é a televisão.

Lia de Aguiar, em depoimento à Associação Pró-TV

Todavia, a experiência radiofônica desses primeiros atores e atrizes da TV Tupi-Difusora não era pouca coisa se considerarmos que, diante dos microfones do rádio, narrando histórias e representando personagens, eles lidavam com as palavras e, cedo, puderam perceber que, por meio delas, abriam-se os caminhos para a expressão das emoções e dos sentimentos humanos. Principalmente na leitura de textos dramáticos, puderam descobrir que a linguagem proporciona uma percepção dilatada da vida, possui um poder libertador capaz de desvelar toda uma subjetividade humana que se traduz em vozes. A maior parte deles possuía estudos secundários e apenas alguns chegaram à universidade e obtiveram formação superior, geralmente em advocacia. Vida Alves, César Monteclaro, Aurélio Campos, Júlio Nagib e Homero Silva, por exemplo, eram advogados. Porém todos eles, sem exceção, quase como um dever profissional, buscavam com naturalidade adquirir conhecimentos cada vez mais aprimorados das regras da gramática, pois naquele fim da década de 1940 e início dos anos 1950, a palavra corretamente dita, sem erros gramaticais, e o cultivo da língua portuguesa eram uma obrigação que se impunha a todo bom radialista. E mais do que isso, como artistas do rádio, puderam exercitar a fala diante do microfone e aprender que, para se tornar um bom intérprete dramático, era necessário possuir boa dicção, saber controlar a respiração e sustentar o andamento da leitura.

Era necessário, também, dispor de um repertório de inflexões vocais capaz de dar conta de todas as exigências de clareza e expressividade sonora do texto. Na prática, puderam constatar que uma leitura bem timbrada é sinal de talento artístico, da capacidade que tem o radioator ou a radioatriz de revelar a melodia interna das palavras – palavras que foram escritas para serem ouvidas e que pediam, antes do significado, sua decifração em sons. Por isso, como ninguém, tinham total conhecimento do que era falar ao microfone e, quando falavam, sabiam modular a voz com perfeição e com a devida atenção aos sinais ortográficos – sinais que funcionavam como notações de uma pauta musical: o ponto final era ponto final mesmo, marcando o encerramento da frase com um tom mais grave e cortante; a vírgula, de timbre mais agudo, era quase um suspiro; já a reticência, com seus três pontos, mantinha a frase em misteriosa suspensão, à espera de um desenlace qualquer; por fim, os pontos de interrogação e de exclamação se apresentavam como possibilidades de mil inflexões.

Sem dúvida, o rádio foi para esses artistas uma rica fonte de informações culturais e de conhecimentos práticos que os preparou para o exercício das profissões de ator e atriz não só na televisão, como também no cinema e no teatro. Aliás, alguns artistas de reconhecido valor profissional também tiveram a experiência radiofônica na base de sua formação artística. Entre eles encontram-se Cacilda Becker e Fernanda Montenegro, duas das grandes estrelas do teatro nacional.

No início de sua carreira, por volta de 1944, época em que ainda fazia teatro amador e universitário, Cacilda Becker participou na Rádio Difusora de vários programas de radioteatro produzidos por Octavio Gabus Mendes, atuando inclusive no radioteatro *Quo Vadis*, uma adaptação em capítulos que ele fez do romance do escritor polonês Henryk Sienkiewicz, ganhador do Prêmio Nobel de Literatura em 1905. Quanto a Fernanda Montenegro, em 1945, aos dezesseis anos de idade, quando fazia o curso de secretariado, presta concurso na Rádio MEC do Rio de Janeiro, emissora do Ministério da Educação e Cultura, que então recrutava jovens para participar de um programa de radioteatro chamado *Teatro da Mocidade* ou *Teatro da Juventude*. Aprovada no concurso, ela é contratada para atuar como radioatriz, redatora e apresentadora de programas. Permanece na Rádio MEC durante cerca de dez anos, até fins de 1953, quando escolhe dedicar-se somente ao teatro. E lá, nos programas de radioteatro, ela pôde trabalhar com vários jovens estudantes que, pouco tempo depois, iniciariam carreiras no cinema, no teatro e na televisão. Entre esses jovens figuravam o ator e diretor Fernando Torres, que com ela se casou, a atriz Vera Nunes e o ator Jayme Barcelos, um dos importantes nomes do teleteatro dos primeiros tempos da televisão.

O fato notável é que, na TV Tupi-Difusora de São Paulo, durante a década de 1950, numa época em que os programas eram ao vivo, pois não existia ainda o videoteipe no Brasil, esses artistas do rádio tiveram o grande mérito de inventar e aprimorar na prática, em meio a erros e acertos, um modo particular de interpretação dramática apropriado à televisão, um estilo particular de atuação em cena nos estúdios da TV que, longe dos excessos gestuais e vocais próprios do teatro e de seus atores, ajustou-se perfeitamente ao caráter íntimo da televisão – uma intimidade entre artistas e telespectadores acentuada ainda mais pelos planos médios e pelos closes das câmeras de TV. Nas décadas seguintes, pelo menos até meados dos anos 1980, este estilo de representação dramática criado pelos artistas da TV Tupi-Difusora influenciou a produção de teleteatros e telenovelas em toda a televisão brasileira, servindo de modelo para o trabalho de muitos atores, atrizes e diretores, sobretudo nos vinte primeiros anos da teledramaturgia da Rede Globo de Televisão.

Os primeiros programas dramáticos

Após sua inauguração no dia 18 de setembro de 1950, a TV Tupi-Difusora manteve no ar uma incipiente programação de aproximadamente duas horas diárias, com início a partir das 20 horas. Desde as primeiras semanas, pequenos quadros dramáticos começaram a ser transmitidos, geralmente às quartas e quintas-feiras, apresentando historinhas leves com dois ou três personagens, muitas vezes românticas e sentimentais, cuja duração não devia ultrapassar dez, quinze ou vinte minutos, no máximo. Seus autores eram os principais redatores e produtores dos programas de radioteatro das rádios Tupi-Difusora, entre eles Walter Forster e Ribeiro Filho, que tiveram importante participação nesse período inicial da televisão. Cassiano Gabus Mendes e Walter George Durst, produtores no rádio dos programas *Cinema em Casa* e *Grande Teatro Tupi*, também foram autores de alguns desses pequenos programas dramáticos. Por exemplo, no dia 12 de outubro de 1950, uma quinta-feira, menos de um mês após a inauguração da TV, foi ao ar *O Homem que Precisava de uma Namorada*, historinha dramática escrita e dirigida por Walter George Durst, que também escreveu e dirigiu *Charles Chaplin da Silva*, outra pequena história transmitida algumas semanas depois, no dia 6 de dezembro, uma quarta-feira.

Os paulistas já estão se acostumando a assistir, diariamente, a mais de uma hora e meia de televisão. São audições que se tornam obrigatórias para um numeroso público (cerca de 2 mil receptores instalados em São Paulo), havendo, mesmo, estranheza quando a PRF3-TV chega ao ar um minuto atrasada ou quando os jornais deixam de publicar o costumeiro programa (programação) de TV. Isto tudo vem recomendar, sobremaneira, o esforço dos dirigentes da estação de Televisão 'Associada', pois, como se sabe, há poderosas estações de TV (haja vista na França) que ainda não conseguiram levar ao ar, todos os dias, as suas atrações, por uma hora que seja.

Airton Rodrigues, em sua coluna no *Diário de São Paulo*

A TV foi inaugurada no dia 18 de setembro e já em novembro fizemos, pretensiosamente, um grande teleteatro que era a adaptação de um filme americano chamado *Sorry, Wrong Number*, com a Barbara Stanwyck, a história de uma senhora paralítica, dona de uma grande fortuna, cujo marido contrata uns bandidos para assassiná-la a fim de que ele fique com a herança. No estúdio, construímos um grande cenário onde havia uma cama imponente, bonita, a cama da paralítica, coberta com uma colcha riquíssima, que a mãe do Cassiano havia trazido da Espanha. Naquela época todos nós trazíamos objetos e coisas de nossas próprias casas para completar o cenário.

Luiz Gallon, em entrevista ao autor

Quanto a Cassiano Gabus Mendes, ele não cansava de demonstrar a seus companheiros todo o entusiasmo que tinha por ser o responsável pela direção artística da televisão. Além de sentar-se à mesa de cortes para fazer a direção de TV desses pequenos programas dramáticos e de atuar algumas vezes como ator, ele foi o autor e diretor do primeiro programa que poderia ser verdadeiramente caracterizado como um programa de teleteatro. Trata-se de *A Vida por um Fio*, uma adaptação com cerca de meia hora de duração do filme *Sorry, Wrong Number*, produção norte-americana de 1948 estrelada por Barbara Stanwyck, com direção de Anatole Litvak. Levada ao ar no dia 29 de novembro de 1950, uma quarta-feira, e trazendo a estrela do rádio Lia de Aguiar em seu primeiro trabalho importante como teleatriz, *A Vida por um Fio* foi a mais expressiva realização dramática desse período inicial da TV Tupi-Difusora. Foi uma produção que exigiu muito empenho e dedicação do pessoal técnico e artístico, em particular do cenógrafo, do iluminador e do sonoplasta, fazendo com que todos percebessem a importância do teleteatro como caminho indiscutível para a realização de trabalhos artísticos e criativos na televisão.

Outro programa dramático que igualmente ganhou destaque nesse período foi o teleteatro *Missa do galo*, uma adaptação do conto homônimo de Machado de Assis feita pelo jornalista Jorge Ribeiro. Entrou no ar no dia 23 de dezembro, um sábado, antevéspera da noite de natal, trazendo no elenco Lia de Aguiar, Cassiano Gabus Mendes, Maria Vidal, Osni Silva, Rosa Pardini e João Monteiro. Aliás, Jorge Ribeiro voltaria a escrever outras histórias para esses pequenos programas dramáticos, dentre as quais mais uma adaptação de um conto de Machado de Assis, *O Cônego ou Metafísica do Estilo*, apresentada no dia 11 de novembro de 1951, uma sexta-feira. E ele se tornaria bastante conhecido dos telespectadores durante algum tempo por assinar, com o pseudônimo de Cagliostro, uma coluna de notícias curtas e divertidas que aparecia nos intervalos de alguns programas.

Minha primeira experiência na televisão foi como produtor de programas curtos, programas de quinze a vinte minutos de duração com historinhas curtas. Mas eu contava com um elenco fabuloso. Por exemplo, eu escrevia uma peça para a Lia de Aguiar, ela praticamente sozinha em cena, como protagonista da história. Fazia assim, para explorar o virtuosismo do ator. Então, fazia uma peça só com o Lima Duarte e o Heitor de Andrade ou, então, uma peça com Heitor de Andrade e o Dionísio Azevedo. Eram diálogos entre personagens que viviam situações, uma coisa bem rebuscada do ponto de vista de roteiro. Quer dizer, eram histórias que não tinham uma localização exata. Não eram histórias brasileiras, mas histórias baseadas em experiências pessoais. Era uma coisa bem livre, fruto da imaginação, aproveitando a liberdade que a gente tinha na Tupi naquela época.

Mário Fanucchi, em depoimento à Associação Pró-TV

O ano de 1951 transcorreu em sua maior parte sem apresentar muitas novidades com relação aos programas dramáticos. De uma maneira geral, continuaram as apresentações de esquetes com historinhas de curta duração realizadas praticamente num só cenário, redigidas e produzidas pelo pessoal da casa, sobretudo por Walter Forster, Ribeiro Filho, Jorge Ribeiro, Mário Fanucchi, Dionísio Azevedo e, esporadicamente, por Walter George Durst e Cassiano Gabus Mendes. Um fato, porém, chama a atenção logo no início desse ano de 1951: pela primeira vez, Cassiano Gabus Mendes e o diretor geral Dermival Costa Lima trazem para a televisão um artista de teatro, a famosa atriz e diretora Madalena Nicol. Durante os meses de janeiro, fevereiro e março ela participa de alguns programas dramáticos na TV Tupi-Difusora, atuando em peças curtas, interpretando monólogos de conhecidos autores teatrais e, até mesmo, cantando e dizendo poesia. Por exemplo, no dia 10 de janeiro ela se apresenta com o monólogo *Antes do Café*, texto curto de Eugene O'Neill que ela mesma já havia interpretado e dirigido no teatro; outro monólogo curto vai ao ar no dia 17 de janeiro, desta vez *A Voz Humana*, de Jean Cocteau, texto que ela havia interpretado três meses antes no Teatro Royal, pequena sala de espetáculos que existia nessa época no centro da cidade, nas proximidades do Largo do Arouche; no dia 24 de janeiro, ela aparece no vídeo num recital de música de câmara, não como atriz, mas como intérprete musical, já que era excelente cantora, tendo feito na Inglaterra estudos de canto, além de cursos de teatro; no dia 8 de fevereiro, ao lado de Heitor de Andrade, participa como atriz da pequena peça intitulada *Desfecho*, uma produção de Cassiano Gabus Mendes; no dia 14 de fevereiro, apresenta-se em *Sonatina*, provavelmente a pequena composição poética de Rubén Darío, poeta nicaraguense, com possível tradução de Miroel Silveira; por fim, pelo menos dois programas dramáticos com o título de *Teatro de Madalena Nicol* são apresentados nos dias 21 e 29 de março.

Na verdade, quando Cassiano Gabus Mendes e Dermival Costa Lima buscaram se aproximar dos artistas de teatro, nada mais fizeram do que seguir o exemplo dos diretores de arte e de programação da televisão norte-americana. Nos Estados Unidos, cinco anos antes, em fins de 1945 e durante o ano de 1946, momento em que se formavam as redes comerciais de TV, diversos artistas, dramaturgos e diretores de teatro de Nova York foram chamados para realizar programas dramáticos na televisão. Evidentemente, no começo do ano de 1951 não existia Broadway em São Paulo, nem tampouco suas inúmeras produções teatrais e musicais. Mas existia em pleno funcionamento o TBC, Teatro Brasileiro de Comédia, nova companhia de teatro profissional que, com seu pequeno quadro de diretores e cenógrafos italianos, dava novo alento à cena teatral paulista. Mantido por um grupo de empresários chefiados pelo italiano Franco Zampari, possuía sua própria casa de espetáculos com pouco mais de trezentos lugares na rua Major Diogo, no centro da cidade, em pleno bairro do Bexiga. E, vinculadas a ele, também existiam em franca atividade uma Escola de Arte Dramática e uma empresa de cinema, a Cia. Cinematográfica Vera Cruz, que começava a produzir filmes em seus estúdios no município de São Bernardo do Campo. Existia ainda a Cia. Cinematográfica Maristela, que, também ligada ao pessoal de teatro, possuía estúdios no bairro paulista do Jaçanã e já produzia seus primeiros filmes, entre eles *O Comprador de Fazendas*, baseado em conto de Monteiro Lobato. Sobretudo, existia nesse momento em São Paulo um importante movimento teatral amador e semi-profissional levado adiante por toda uma juventude universitária de classe média, por jovens entusiasmados que se abriam para o mundo frequentando os cursos de direito, filosofia, letras e ciências humanas nas diversas Faculdades instaladas no centro da cidade e, também, participando dos cursos e seminários oferecidos pelo Museu de Arte de São Paulo, Masp, e pelo Museu de Arte Moderna, MAM.

Com efeito, a efervescência cultural em São Paulo era grande nessa época, fruto de uma espécie de renascimento das artes e da cultura ocorrido na capital paulista após 1945, ano que marca o fim da Segunda Guerra Mundial e, no Brasil, o fim do governo ditatorial de Getúlio Vargas, o chamado Estado Novo. E uma das importantes iniciativas culturais desse período foi a inauguração do Museu de Arte de São Paulo, o Masp, em outubro de 1947, por iniciativa de Assis Chateaubriand. Instalado na rua Sete de Abril, no edifício-sede dos Diários Associados, e dirigido por Pietro Maria Bardi e por sua mulher Lina Bo Bardi, o Masp tornou-se logo um verdadeiro centro cultural, oferecendo à população uma série de seminários e cursos regulares sobre as diversas modalidades do trabalho artístico, não apenas sobre as artes plásticas. Pintores, desenhistas e arquitetos como Oswaldo Bratke, Gregori Warchavchik e Lasar Segall faziam parte do seu corpo de professores e, também, o jovem fotógrafo e amante de cinema Thomas Farkas, que orientou a montagem de um laboratório destinado ao ensino de fotografia. O ponto alto dos seminários de cinema aconteceu no final do ano de 1949, com a participação do cineasta brasileiro Alberto Cavalcanti, que acabava de retornar ao país, depois de 36 anos de vida no exterior, tendo realizado prestigiosa carreira no cinema inglês. Alguns meses depois, ele seria contratado por Franco Zampari, o fundador do TBC, para assumir o cargo de diretor-geral de produção da Cia. Cinematográfica Vera Cruz que acabava de ser constituída.

Da mesma forma que o Masp, o Museu de Arte Moderna, MAM, inaugurado no dia 9 de março de 1949 no mesmo edifício dos Diários Associados, na rua Sete de Abril, também começou a promover cursos, palestras, conferências e uma série de atividades culturais, incluindo audições musicais e projeções de filmes. Suas sessões de cinema, sempre seguidas de debates, marcaram época em São Paulo, tornando-se ponto de encontro de estudantes, artistas e intelectuais. Os fundadores do MAM, Yolanda Penteado e Francisco Matarazzo Sobrinho, organizariam pouco tempo depois, em 1951, a primeira Bienal Internacional de Artes Plásticas de São Paulo, que reuniu em uma só mostra na capital paulista os maiores nomes da pintura brasileira e dezenas de grandes pintores estrangeiros, entre eles Picasso, Fernand Léger, Max Ernst, Pollock, Hopper e Alexander Calder.

Quando me lembro de São Paulo dos anos 1950, sinto saudades. Parecia uma província alucinada pela cultura. Falava-se de teatro, de cinema, de música, de dança em cada esquina, em cada boteco da cidade. Quando cheguei lá, pelas mãos do Ruggero Jacobbi, fui contratado por quatro meses e acabei ficando dez anos, tão apaixonado pela Pauliceia que cheguei a pensar que nunca mais voltaria ao Rio. [...] Tempo bom esses anos 1950 em São Paulo: tudo estava nascendo, muita gente sonhando, muita gente viva, gente boa. Saudade!

Sérgio Brito, no livro *Fábrica de Ilusão, 50 Anos de Teatro*

O florescimento artístico e cultural de São Paulo nesses anos foi tão flagrante que uma quantidade grande de jovens atores e atrizes com pouco mais de vinte anos de idade deixa a cidade do Rio de Janeiro para tentar a vida artística na capital paulista. Todos vinham do teatro universitário ou de grupos teatrais amadores e semiprofissionais e, em São Paulo, muitos deles construíram belas carreiras artísticas. Dentre os que se tornaram mais famosos, o primeiro a vir, em 1949, foi o grande ator Sérgio Cardoso, então com 24 anos de idade e recém-formado em advocacia, que assina no TBC seu primeiro contrato como ator profissional. Em 1950, é a vez de Sérgio Brito, Jayme Barcelos, Elísio de Albuquerque, Hélio Souto e Luiz Linhares. Em 1951, chegam Vera Nunes, Maria Della Costa, Sandro Polônio, Abelardo Figueiredo e Nicette Bruno. Um ou dois anos mais tarde vem Beatriz Segall, após ter passado uma curta temporada em Paris estudando teatro. Em 1954, Fernanda Montenegro, Fernando Torres, Wanda Kosmo, José Luiz Pinho e Sadi Cabral também trocam o Rio de Janeiro por São Paulo e, no ano seguinte, fazem o mesmo o ator Sebastião Campos e a atriz Maria Fernanda, filha da poeta Cecília Meireles, que se casa com Luiz Gallon, diretor de teleteatros da TV Tupi-Difusora. Além desses jovens atores e atrizes, também se transferem para São Paulo dois importantes diretores que vinham realizando significativo trabalho de renovação da cena teatral carioca: o italiano Ruggero Jacobbi e o polonês Zbigniew Ziembinski. Contratados pelo TBC, o primeiro vem em 1949 e o segundo, em 1950.

A despeito de toda a animação e vitalidade do teatro paulista, foi bastante tímida a presença de seus atores e atrizes na PRF3-TV durante quase todo o ano de 1951. Depois das apresentações de Madalena Nicol, que se estenderam até o fim do mês de março, Dermival Costa Lima e Cassiano Gabus Mendes fazem mais uma investida em direção ao teatro no mês de maio, trazendo para a televisão o dramaturgo, diretor e ator teatral Silveira Sampaio, que, de passagem por São Paulo, fazia uma curta temporada no Teatro Cultura Artística. Precisamente no dia 21 de maio de 1951, uma segunda-feira, dia de folga teatral, ele interpreta e dirige no estúdio da TV Tupi-Difusora a peça *Professor de Astúcia*, de Vicente Catalano.

A próxima aparição de artistas do teatro no vídeo do Canal 3 ocorreu um mês depois, no dia 27 de junho, uma quinta-feira, quando foi apresentada a peça *O Filho Pródigo*, de Lúcio Cardoso, com a participação de atores do Teatro Experimental do Negro do Rio de Janeiro, entre eles Ruth de Souza e Haroldo Costa. Depois disso, ao que tudo indica, foi somente na última semana do mês de outubro que artistas do teatro voltaram a se apresentar na televisão. Nessa ocasião, o Canal 3 estacionou seu caminhão de transmissões externas na frente do TBC, na rua Major Diogo, instalou três câmeras na plateia e, pela primeira vez, transmitiu integralmente um espetáculo teatral. A peça em cartaz era *Ralé*, de Máximo Gorki, interpretada por um elenco de excepcionais atores, quase todos em início de carreira, figurando entre eles Paulo Autran, Maria Della Costa, Sérgio Cardoso, Nydia Lícia, Ziembinski, Rubens de Falco e Cleide Yáconis.

A grande novidade da semana é o fato inédito na América do Sul de uma peça de teatro ser televisionada na íntegra. A TV Paulista (Emissoras Associadas Tupi-Difusora) já havia televisionado a temporada lírica deste ano. Agora, em acordo com o TBC, será vista no vídeo a peça de Máximo Gorki, *Ralé*, em sua oitava e última semana de representação. Essa iniciativa da PRF3-TV e o apoio do TBC, permitindo que o público que gosta de teatro e não pode pagar a entrada assista às peças representadas na rua Major Diogo, em casa ou nos aparelhos receptores públicos, são merecedores dos mais francos aplausos.

Clovis Garcia, em crítica na revista *O Cruzeiro*

Além dessa apresentação teatral, algumas outras experiências de transmissões externas haviam sido feitas um pouco antes, no mês de setembro, quando programas especiais foram produzidos em comemoração ao primeiro aniversário da PRF3-TV. Dentre esses programas, os que mais chamaram a atenção foram as transmissões diretamente do Theatro Municipal de São Paulo dos espetáculos da temporada lírica que, nesse ano, trazia Maria Callas ao Brasil, pela primeira e única vez em sua carreira.

Inicialmente, música na televisão começou com uma apresentação muito significativa, em 1951: a temporada lírica no Theatro Municipal de São Paulo, que teve até a presença de Maria Callas. A TV foi lá fazer uma transmissão. Não havia videoteipe na época e era tudo em preto e branco. O caminhão da técnica, que era usado nas transmissões externas, ficava estacionado ao lado do Theatro Municipal. E, por incrível que pareça, a Maria Callas, num dos intervalos do espetáculo, quando a gente ficava mostrando as pessoas, o público, e o Heitor de Andrade ficava fazendo entrevistas, ela veio ao caminhão de externa para ver a televisão. Eu estava sentado diante da mesa de cortes, o chamado *switch*. Ergui-me da cadeira para recebê-la. Na Itália não havia videoteipe, nem TV.

Luiz Gallon, em entrevista ao maestro Júlio Medaglia, no programa *Contraponto* da Rádio Cultura FM

De fato, havia nessa época no Sumaré uma certa urgência no sentido de oferecer aos telespectadores espetáculos de reconhecido valor artístico, de aprimorar a qualidade dos programas do Canal 3 e, principalmente, de garantir a continuidade da produção de programas dramáticos atraindo cada vez mais a participação de artistas do teatro. Isto, sobretudo, tendo em vista a iminente inauguração de uma nova emissora de televisão em São Paulo, a TV Paulista, Canal 5, que já estava funcionando experimentalmente no final do ano de 1951 e que seria inaugurada oficialmente no mês de março do ano seguinte.

Mantendo ligações com as rádios Excelsior e Nacional de São Paulo, com a empresa jornalística *Folha da Manhã* e com o radialista Victor Costa, diretor da Rádio Nacional do Rio de Janeiro e homem de confiança do então presidente Getúlio Vargas, o novo Canal 5 vinha formando sua equipe técnica e artística havia já algum tempo e, por isso, acenava a profissionais do rádio, do cinema, do teatro e, mesmo, da TV Tupi-Difusora, com ofertas de vantajosos contratos de trabalho. Quem fazia parte da direção artística da TV Paulista e arregimentava artistas e técnicos para a emissora era o talentoso diretor de teatro Ruggero Jacobbi, um dos fundadores, em 1950, da Cia. Cinematográfica Maristela. Nesse momento, ele também estava envolvido com a Sociedade Paulista de Teatro – SPT, uma pequena empresa produtora de espetáculos teatrais que tinha sido formada em meados de 1951 por Madalena Nicol, sua grande amiga e parceira em projetos teatrais. Na SPT, patrocinados pela Secretaria Municipal de Cultura, os dois produziam diversos espetáculos, ele como diretor, ela como atriz, que eram apresentados a preços populares nos teatros da Prefeitura, inclusive no imponente Theatro Municipal.

O Alfredo Souto de Almeida recebeu na Rádio do Ministério da Educação a visita do Ruggero Jacobbi, um italiano que morava em São Paulo e que tinha ido contratar pessoas no Rio de Janeiro para trabalhar na televisão, em São Paulo. [...] Marcaram, então, um encontro entre mim e o Ruggero. Fui encontrá-lo num hotel. Esperei um tempo no saguão até que ele descesse. Ele apareceu afobado, todo suado, camisa grudada no peito, e disse: "Desculpe a demora, passei a noite nas boates conversando com muita gente. Estou contratando artistas aqui no Rio. Quanto você ganha? Você acha que seis mil está bom para você?". Ele disse seis mil cruzeiros! Isto mesmo! Eu ganhava mil e duzentos cruzeiros como sonoplasta e ele me ofereceu seis mil, quer dizer, cinco vezes mais?! Meio tonto, sem conseguir acreditar no que ouvia, respondi: "Sim, sim! Claro que está bom!". [...] Considerando o alto valor do meu salário, eu acreditava que haveria uma banda de música à minha espera no aeroporto de Congonhas e que o Ruggero estaria lá para me receber. Mas não havia ninguém. Assustado, tirei do bolso o endereço da TV Paulista, tomei um táxi e disse ao motorista: "rua da Consolação, esquina com a avenida Rebouças".

Antonino Seabra, em depoimento à Associação Pró-TV

Com intensa atuação na vida cultural paulista dessa época, Ruggero Jacobbi era respeitado não só como diretor de teatro, mas igualmente como teórico e crítico teatral. Exercia diversas atividades, fazendo palestras e conferências, dirigindo teatro e cinema, escrevendo em jornais e revistas, sempre empenhado na formação artística de estudantes universitários amantes do teatro e de jovens atores, atrizes e diretores teatrais. Talvez tenha sido o mais ativo, o mais culto e o mais bem preparado entre os diretores teatrais italianos que vieram para o Brasil depois da Segunda Guerra Mundial e que muito contribuíram para a atualização e modernização do teatro brasileiro. Sua influência foi grande junto aos novos grupos teatrais amadores, tendo participado da organização de vários deles. Por exemplo, em abril de 1955, ele presidiu a reunião da fundação do Teatro Paulista do Estudante – TPE, ao lado de Gianfrancesco Guarnieri, Oduvaldo Vianna Filho, Vera Gertel, Raymundo Duprat, Diorandy Vianna e do futuro médico psiquiatra Pedro Paulo Uzeda Moreira.

As primeiras séries dramáticas: *Grande Teatro Tupi* e *TV de Vanguarda*.
Na segunda-feira dia 5 de novembro de 1951, uma ou duas semanas depois da transmissão da peça *Ralé* diretamente do TBC, a PRF3-TV põe no ar um programa de teleteatro com a peça *O Imbecil*, de Pirandello. Sob o título de *Teleteatro das Segundas-Feiras*, este programa marca o início da primeira série de teleteatro da televisão brasileira, que ficou conhecida de uma maneira geral como *Grande Teatro Tupi*.

Realmente, no final desse ano, Dermival Costa Lima e Cassiano Gabus Mendes estavam seriamente decididos a aproximar-se da gente de teatro. E o que nesse momento havia mais diretamente à mão eram os grupos amadores. O jovem cenógrafo Carlos Giaccheri, que começou no teatro amador e que, depois de uma breve passagem pelo TBC, foi contratado pelo Canal 3, indica-lhes então o ex-estudante de economia, Osmar Rodrigues Cruz, que desfrutava de grande prestígio no meio teatral amador. Ele vinha exercendo forte liderança entre os jovens atores amadores desde o tempo em que, estudante ainda, por volta de 1945, fundou o Teatro Universitário do Centro Acadêmico "Horácio Berlinck", da Faculdade de Ciências Econômicas.

Os programas de teleteatros foram, em primeiro lugar, o *Grande Teatro Tupi*, logo a seguir veio o *TV de Vanguarda* e, bem mais tarde, lá por volta de 1957, o *TV de Comédia*. Já em 1952 tivemos também os teatrinhos do Júlio Gouveia. Começou com *Fábulas Animadas*, todas as quintas-feiras. Foi nesse programa que deixei de ser assistente de estúdio e passei a ser diretor de TV. Até então só havia o Cassiano Gabus Mendes como diretor de TV, o diretor que sentava na mesa de cortes. [...] O primeiro programa que "cortei" foi o *Fábulas Animadas*, do Júlio Gouveia. Depois veio o *Sítio do Picapau Amarelo*, também do Júlio Gouveia, e fui eu o diretor de TV. Depois passei a cortar outros programas, futebol e, principalmente, o *Grande Teatro Tupi*.

Luiz Gallon, em entrevista ao autor

Sem perda de tempo, os dois diretores da televisão pedem a Osmar Rodrigues Cruz que organize um elenco de atores e prepare a montagem no estúdio do Sumaré de oito peças de domínio público que já tivessem sido encenadas no país e estivessem liberadas do pagamento de direitos autorais. Com essas peças eles pretendiam lançar uma série dramática intitulada *Teleteatro das Segundas-Feiras* e garantir a colocação no ar, durante dois meses, de um espetáculo diferente todas as segundas-feiras à noite, dia de folga no teatro. *Osmar Rodrigues Cruz e seu Teatro de Arte* foi o nome escolhido para esses oito primeiros espetáculos da série. O jovem diretor, porém, não aceita assumir sozinho tal empreitada. Diz ser possível organizar a montagem de somente quatro ou cinco espetáculos teatrais para os programas. Quanto ao repertório, a escolha não seria difícil. Propõe logo as peças *O imbecil*, de Pirandello; *O Pedido de Casamento*, de Anton Tchekhov; *Uma Tragédia Florentina*, de Oscar Wilde; *Uma Porta Deve Estar Aberta ou Fechada*, de Alfred Musset; e *O Traído Imaginário*, de Molière. E, para alternar com ele a cada quinze dias, com mais quatro ou cinco espetáculos, propõe o nome de José Alves Antunes Filho, o excepcional diretor teatral de hoje, criador do Centro de Pesquisas Teatrais do Sesc.

A PRF3-TV, estação de TV das rádios Tupi-Difusora, inaugurou segunda-feira última, com êxito absoluto, o seu *Teleteatro das Segundas-Feiras* apresentando a peça *O Imbecil*, de Pirandello, na interpretação de *Osmar Rodrigues Cruz e seu Teatro de Arte*.

Caprichosamente dirigida e apresentando valores artísticos de relevo, *O Imbecil* conseguiu pleno êxito [...]. Para a próxima segunda-feira está programada a peça *O urso*, de Anton Tchekhov, na interpretação do Centro de Estudos Cinematográficos, sob a direção de José Alves Antunes Filho, cenografia de Carlos Giaccheri e produção de TV de Cassiano Gabus Mendes e Heitor de Andrade.

Crítica do *Diário de São Paulo*

Nessa época, Antunes Filho era um rapaz de 21 anos cheio de entusiasmo e verdadeiramente apaixonado por cinema. Começava a fazer pequenos trabalhos de direção teatral com o grupo amador *Teatro da Juventude*, também conhecido como *Os Colegiais*, que ele havia fundado pouco tempo antes com colegas do curso de cinema do Centro de Estudos Cinematográficos do Museu de Arte Moderna – MAM. Além dele, participavam do *Teatro da Juventude*, dentre outros, Egydio Eccio, Fábio Sabag, Waldomiro Barone, Oscar Nimitz e Manoel Carlos, jovens que nas décadas seguintes construiriam prestigiosas carreiras no teatro e na televisão.

Precisamente no dia 12 novembro de 1951, uma semana depois da apresentação da peça *O Imbecil*, de Pirandello, Antunes Filho faz sua estreia na televisão, no *Grande Teatro das Segundas-Feiras*, apresentando com o elenco de seu Teatro da Juventude a peça em um ato, *O Urso*, de Anton Tchekhov. Quem interpretava o principal papel era um jovem ator principiante de dezoito anos, chamado Manoel Carlos Gonçalves de Almeida, que não é outro senão o famoso escritor de telenovelas dos dias atuais. Na segunda-feira seguinte, dia 19 de novembro, volta ao ar o programa *Osmar Rodrigues Cruz e seu Teatro de Arte*, também com uma peça de Anton Tchekhov,

O Pedido de Casamento. Entretanto, talvez devido ao caráter excessivamente amador dos espetáculos, os dois jovens diretores são transferidos para um horário aberto aos sábados, batizado com o nome de *Teatro pela Televisão*, e aí permanecem mais algumas semanas, até o dia 19 de janeiro de 1952, data em que foi apresentada a peça *O Traído Imaginário*, de Molière, última participação de Osmar Rodrigues na PRF3-TV.

A fim de garantir a continuidade do *Grande Teatro das Segundas-Feiras*, Dermival Costa Lima e Cassiano Gabus Mendes recorrem mais uma vez à atriz e diretora Madalena Nicol. Nesse momento, dispondo de um elenco de atores mais experientes, entre eles Vera Nunes, Sérgio Brito, Jayme Barcelos, Elísio de Albuquerque, Luiz Linhares e Xandó Batista, ela produzia uma série de espetáculos com a sua Sociedade Paulista de Teatro. A velha farsa inglesa de autoria de Brandon Thomas, *A tia de Carlitos*, era um deles. Outro era o melodrama *O Atentado*, do suíço W. O. Somin, ela atuando como atriz ao lado de Sérgio Brito, com direção de Carla Civelli. Suas apresentações na TV Tupi-Difusora foram então acertadas: para o dia 28 de novembro de 1951, uma quarta-feira, foi programada a peça *A Tia de Carlitos*, com direção de Armando Couto, e para o *Grande Teatro das Segundas-Feiras* do dia 10 de dezembro, foi programada a peça *O Atentado*. Na segunda-feira seguinte, dia 17, vai ao ar *Trio em Lá Menor*, comédia de Raimundo Magalhães Junior, dirigida por Armando Couto. E, na segunda-feira, dia 18 de fevereiro de 1952, a Sociedade Paulista de Teatro voltaria a se apresentar na TV Tupi-Difusora com a peça *O Tenor Desafinou*, de Georges Feydeau, dirigida por Carla Civelli. O fato é que, mesmo contando com a participação de Madalena Nicol, o *Grande Teatro das Segundas-Feiras* não conseguiu firmar-se no ar imediatamente. Só começou a mostrar regularidade em suas apresentações a partir do mês de março de 1952, quando o diretor teatral Ruggero Jacobbi passou a cuidar de sua produção.

Consumou-se afinal a saída do diretor Costa Lima das Associadas, ele que por vários pares de anos dirigiu os destinos artísticos da Tupi-Difusora e, posteriormente, da PRF3-TV. [...] A Excelsior contrata radialistas e artistas de várias emissoras pagando bem e rompendo o acordo dos patrões. Entre os contratados estão Manoel de Nóbrega, Simplício, Nhô Totico e Odair Marzano.

Arnaldo Câmara Leitão, no *Diário de São Paulo*

Na verdade, o Sumaré viveu momentos de grande sobressalto nos dois primeiros meses do ano de 1952 em razão da saída de alguns profissionais, entre eles o importante redator e diretor artístico da Rádio Tupi, Walter Forster. Mas a perda maior foi a do diretor-geral Dermival Costa Lima, que deixou as Emissoras Associadas no mês de fevereiro para dirigir a nova Rádio Excelsior, emissora ligada à Rádio Nacional de São Paulo e à TV Paulista, Canal 5. Sozinho na direção artística da PRF3-TV, Cassiano Gabus Mendes decide então chamar o diretor teatral Ruggero Jacobbi, ligado à TV Paulista, para assumir a produção do *Grande Teatro das Segundas-Feiras*. Sua tarefa como produtor seria entrar em contato com atores e diretores das companhias e grupos teatrais e, com eles, organizar a encenação no estúdio da televisão de peças de fácil montagem ou de espetáculos que estivessem em cartaz na cidade. Ninguém melhor do que ele poderia fazer isso.

De fato, Ruggero Jacobbi era um homem muito bem relacionado não apenas no meio teatral paulista. Antes de instalar-se em São Paulo, em meados de 1949, viveu durante quase três anos no Rio de Janeiro, trabalhando em jornal como crítico de cinema e realizando diversos trabalhos de direção para grupos teatrais amadores e, também, grupos semiprofissionais, como o Teatro Popular de Arte, fundado por Sandro Polônio e Maria Della Costa. Lá, dirigiu ainda um espetáculo para o ator Rodolfo Mayer e outros três para a Companhia de Comédias do ator Procópio Ferreira, de quem se tornou amigo. E foi justamente este grande artista que ele convidou para fazer uma série de apresentações na PRF3-TV, logo que começou a cuidar da produção do *Grande Teatro das Segundas-Feiras.*

Durante sete meses, de março de 1952 até meados do mês de setembro, período em que foi o responsável pela produção do programa, trouxe para a televisão conhecidos atores e atrizes de teatro, alguns já famosos e possuidores de companhias teatrais próprias, como Procópio Ferreira e Madalena Nicol, outros com certa projeção, como Nicette Bruno, Vera Nunes, Maria Della Costa e Sandro Polônio. Foi a época em que o programa finalmente se consolidou como uma série dramática regular na programação do Canal 3, fazendo com que o público paulista adquirisse o hábito de assistir pela televisão, às segundas-feiras à noite, a espetáculos realizados por artistas de teatro. E não tardaram a participar do programa, encenando seus espetáculos no estúdio do Sumaré, alguns dos grandes nomes do teatro da época, que tinham companhias na cidade do Rio de Janeiro. Primeiro veio Bibi Ferreira, com quatro apresentações no mês de novembro de 1952, depois Jaime Costa, com duas apresentações, uma em dezembro desse ano e outra em janeiro de 1953, e a seguir vieram Dulcina de Moraes e Odilon Azevedo, que fizeram seis apresentações durante os meses de janeiro, fevereiro, março e abril de 1953.

Entretanto, nesse momento, além do *Grande Teatro das Segundas-Feiras*, a TV Tupi-Difusora já mantinha regularmente no ar outra grande série dramática, o teleteatro *TV de Vanguarda*, transmitido quinzenalmente, aos domingos à noite, desde o mês de agosto de 1952. Chamado inicialmente de *Teatro de Vanguarda*, este programa foi a realização de um antigo sonho de Cassiano Gabus Mendes, de Walter George Durst e, também, de Dionísio Azevedo, os três jovens amantes de cinema da TV Tupi-Difusora. Aos poucos, eles perceberam que a simples transposição das técnicas teatrais para a televisão frequentemente não rendia bons resultados, pois em cena, no estúdio da TV, os atores de teatro costumavam comportar-se como se estivessem no palco, diante de uma plateia que os obrigasse a projetar a voz, fazer trejeitos e expressar-se com amplos gestos. Sentiram então a necessidade de introduzir na televisão determinadas técnicas da narrativa cinematográfica que vinham experimentando havia bastante tempo nos programas de radioteatro *Cinema em Casa* e *Grande Teatro Tupi*. Queriam explorar a sonoplastia e os efeitos sonoros, elementos de grande força dramática no cinema, e inventar uma escrita com diálogos concisos, diferente do texto teatral, uma vez que na televisão as imagens também falavam, não apenas os personagens.

Na verdade, desde os primeiros dias da PRF3-TV, havia entre eles a ideia de produzir um teleteatro com os artistas da casa, os radioatores e radioatrizes da Cidade do Rádio, em que pudessem utilizar elementos dramáticos característicos do cinema, fazendo experimentações com diferentes planos de som e de imagem, com movimentos de câmera e, especialmente, com efeitos de iluminação e de sonoplastia. Realmente, dentre os programas de teleteatro ao vivo surgidos na década de 1950, o *TV de Vanguarda* constituiu-se o principal campo de experiências para atores, diretores, diretores de TV, *cameramen*, iluminadores e cenógrafos, dando uma contribuição enorme para que a televisão pudesse conquistar uma linguagem dramática própria, um estilo particular de representação teatral.

Uma nova grande série de teleteatro só iria surgir na PRF3-TV no fim do ano de 1957, quando entra no ar o célebre programa *TV de Comédia*. Até essa data, o *Grande Teatro Tupi* e o *TV de Vanguarda* foram os principais teleteatros da emissora, embora outros programas dramáticos se tenham consolidado na programação desde 1952, principalmente, como será visto mais adiante, os programas infantojuvenis *Fábulas Animadas, Sítio do Picapau Amarelo* e *Teatro da Juventude,* realizados pelo Teatro Escola de São Paulo (Tesp) de Júlio Gouveia e Tatiana Belinky.

Programas diversos

No final da década de 1950 e início dos anos 1960, havia no Sumaré uma grande empolgação entre os atores e atrizes, pois trabalho na televisão era o que não lhes faltava. A PRF3-TV mantinha no ar diversos programas dramáticos e suas portas se abriam a muitos jovens, alguns já possuindo um pouco de experiência na arte de representar, outros apenas começando a carreira. Realmente, é longa a lista de jovens que, entre 1960 e 1965, passaram a integrar o elenco de artistas da PRF3-TV. Incluem-se nela alguns atores e atrizes que construíram depois belas carreiras artísticas atuando principalmente na televisão, pessoas talentosas como Cláudio Marzo, Suzana Vieira, Geórgia Gomide, Ana Rosa, Tarcísio Meira, Edgard Franco, Patrícia Mayo, Lisa Negri, Rildo Gonçalves e Marcos Plonka, sem esquecer do famoso ator Tony Ramos, revelado em 1965 pelo escritor e diretor Geraldo Vietri.

Nesse tempo, durante as madrugadas e pelas manhãs, período em que a emissora ficava fora do ar, podia-se ouvir o barulho do martelar de pregos feito pelos "maquinistas", os empregados da TV que varavam a noite com um martelo nas mãos desmontando os cenários utilizados no dia anterior e montando outros para os programas do dia seguinte. De uma maneira geral, os programas dramáticos eram realizados nos estúdios A, B e C, uma vez que o palco-auditório das rádios Tupi-Difusora ficava normalmente reservado para os programas de entrevistas e shows musicais. Para manter a programação do Canal 3 no ar, toda ela ainda ao vivo, era pesado o trabalho do pessoal que atuava nos estúdios, atrás das câmeras – marceneiros, maquinistas, pintores, cenotécnicos etc. Particularmente com relação ao trabalho de iluminação, podia-se contar então com os excelentes iluminadores José Pelégio e Gilberto Bottura, auxiliados por W. Pereira e Mauro Marcelino. Quanto à cenografia, alguns cenógrafos principiantes ingressaram nessa época no Canal 3 para auxiliar Klaus Frank e Alexandre Korowaitzik, os principais profissionais da casa. Dentre os recém-chegados, figuravam Sérgio Pinheiro e Luigi Calvano, jovem italiano cheio de talento que praticamente comandou os trabalhos de cenografia da emissora durante toda a década de 1960 e parte dos anos 1970.

Nas páginas seguintes, são apresentados registros de alguns programas que a PRF3-TV manteve no ar em 1959 e 1960, época em que a programação da emissora já se estendia por cerca de doze horas diárias, com início ao meio-dia. Não aparecerão nessas páginas muitos atores e atrizes que tiveram importante passagem pelo Canal 3 nos anos 1950, artistas como Fúlvio Stefanini, João Restiff, Gaetano Gherardi, João Monteiro, Rogério Márcico e Chico de Assis, que se tornou dramaturgo, ou como Lia de Aguiar, a grande estrela do Sumaré, atriz extraordinária que abandonou a carreira em 1956, só retornando à vida artística muitos anos depois.

Aventuras do Capitão Estrela

Gilberto Rondon, Rolando Boldrin, Henrique Martins e Bentinho

Patrocinado pela Indústria de Brinquedos Estrela, o seriado *Aventuras do Capitão Estrela* estreou em julho de 1959, com dois episódios semanais, às quartas e sextas-feiras, no horário das 18h30 às 19h00. Escrito por Zaé Júnior e estrelado por Henrique Martins, no papel do Capitão Estrela, e David José, no papel do ajudante Joel, este seriado se inspirava em heróis de histórias em quadrinho como Batman e Robin ou Flash Gordon, que, em situações e ambientes exóticos, travavam incessante luta contra o mal. Do elenco fixo do programa participavam também Lima Duarte (Azor), Dionísio Azevedo (Dr. Zorin), Gibe (Meia-Lua) e Neuza Azevedo (Zomar).

Wânia Martini e
Lima Duarte no papel
do temível Azor

O Falcão Negro

O seriado *O Falcão Negro*, escrito por Péricles Leal, era inspirado nas histórias de Robin Hood, o lendário defensor dos pobres e príncipe dos ladrões da floresta de Sherwood. Lutando ao lado do Falcão Negro, contra um tirânico senhor feudal, estavam seus amigos Pardal, Louro, Raposa, Sorriso e Pé de Coelho, personagem que um dia foi interpretado pelo ex-diretor da TV Globo, José Bonifácio de Oliveira Sobrinho. Com dois episódios semanais e sempre trazendo José Parisi no papel principal, *O Falcão Negro* estreou em janeiro de 1954, permanecendo no ar até o início de 1959, quando foi tirada esta foto.

Mas o Teófilo de Barros Filho [...] me convidou para escrever um programa para a TV Tupi. Isto aconteceu em 1952, eu estava com dezessete anos e a televisão tinha apenas dois anos de idade. [...] Mais tarde, em 1954, como era muito curioso em relação a tudo o que acontecia na televisão, o Cassiano Gabus Mendes, que foi um grande amigo, me colocou para fazer um papel no seriado de aventuras *O Falcão Negro*. Meu personagem era o Pé de Coelho, um estafeta que levava mensagens para o Falcão Negro e que só falava um bom-dia ou um boa-tarde duas vezes por mês, mas que trabalhava toda a semana.

José Bonifácio de Oliveira Sobrinho (Boni), no livro *Pioneiros do Rádio e da TV no Brasil*

O ator José Parisi no papel de Falcão Negro

Teatro de Romance

Segundo Luiz Gallon, importante diretor de teleteatro da PRF3-TV, a faixa de horário de 30 minutos em torno das 21h, às quartas e sextas-feiras, era reservada para a série dramática *Teatro de Romance* ou *Teatro de Aventura* que, desde 1955, vinha apresentando adaptações com cerca de 25 episódios de obras literárias famosas e de romances de aventuras de sucesso.

Nesta série foram apresentadas adaptações dos seguintes romances no ano de 1955: *Oliver Twist*, de Charles Dickens; *Kim*, de Rudyard Kipling; *Miguel Strogoff*, de Júlio Verne, e *Os Irmãos Corsos*, de Alexandre Dumas; em 1956: *O Conde de Montecristo*, de Alexandre Dumas; *Scaramouche*, de Rafael Sabatini; *Pimpinela Escarlate*, da Baronesa de Orczy; e *Robin Hood*, uma adaptação de lenda medieval inglesa; em 1957: *Os Três Mosqueteiros*, de Alexandre Dumas; e *O corcunda de Notre Dame*, de Victor Hugo; em 1958: *Marcelino Pão e Vinho*, história adaptada de filme; *O Homem da Máscara de Ferro*, de Alexandre Dumas; e *Os Miseráveis*, de Victor Hugo; em 1959: *Um Lugar ao Sol*, de Theodore Draiser; e, em 1960: *Há Sempre um Amanhã*, original de Vida Alves; *Nascida para o Mal*, de Ellen Glasgow; e *Ana Karenina*, de Leon Tolstoi.

Por volta de 1957 ou 1958, alguns jornalistas começaram a referir-se a esse *Teatro de Romance* chamando-o de novela, assim como chamavam de novelinhas os seriados de Júlio Gouveia e Tatiana Belinky que contavam, também em dois episódios semanais, histórias adaptadas da literatura infantojuvenil.

Laura Cardoso e Henrique Martins em *Um Lugar ao Sol*, história baseada no romance *Uma Tragédia Americana*, de Theodore Draiser, com adaptação e direção de Dionísio Azevedo. Ia ao ar em dois capítulos semanais de 30 minutos, às quartas e sextas-feiras, dentro da série *Teatro de Romance* ou *Teatro de Aventura*

Seriados de humor

Flávio Pedroso, no papel de um hilariante Dom Quixote

Embaixo
Os atores Fininho, Floriza Rossi, Flávio Pedroso e Luiz Canales (atrás)

Flávio Pedroso, Neusa Azevedo e atrás, Fernando Bruck

O ator Flávio Pedroso participava principalmente do teleteatro *TV de Comédia*, dirigido por Geraldo Vietri. Em 1958, protagonizou o seriado humorístico *Filho de Peixe*, escrito por Ribeiro Filho. Em 1959, estrelou outros curtos seriados humorísticos que misturavam Dom Quixote e o detetive Sherlock Holmes com piratas e com personagens das histórias de *As Mil e Uma Noites*.

Ao lado
Floriza Rossi, Rolando Boldrin, Lima Duarte e Luís Orione

Embaixo
Flávio Pedroso, odalisca e Rolando Boldrin

Rolando Boldrin, Flávio Pedroso, David José e Bentinho

O Príncipe e o Plebeu

Escrito e dirigido por Geraldo Vietri, o seriado *O Príncipe e o Plebeu* entrou no ar em novembro de 1959, com dois episódios semanais de 30 minutos, às quartas e sextas-feiras, no horário das 21h. Contava as peripécias amorosas de dois amigos do interior que tentavam a sorte na cidade grande, personagens interpretados pelos atores Amilton Fernandes e Luís Gustavo.

Permaneceu no ar até o final de fevereiro de 1960 e, depois de um breve intervalo de três meses, voltou a ser apresentado a partir do mês de maio com o título de *Os Dois Príncipes*. As fotos aqui mostradas foram tiradas nos meses de maio e junho de 1960.

Ao lado
Luís Gustavo e
Amilton Fernandes

Embaixo
Luís Gustavo e
Amilton Fernandes

Neide Alexandre,
Amilton Fernandes,
Luís Gustavo e
Carmem Marinho

No alto
Amândio Silva Filho
e Amilton Fernandes

Amilton Fernandes
e Luís Gustavo

Embaixo
Luís Gustavo,
Carmem Marinho,
Neide Alexandre e
Amilton Fernandes

Luís Gustavo

No alto
Amilton Fernandes
e Luís Gustavo

Atriz não identificada,
Décio Ferreira,
Natal Saliba,
Luís Gustavo,
Mario Ernesto e
atriz não identificada

Embaixo
O príncipe consagra
com a espada o plebeu

No alto
Amilton Fernandes,
Walter Stuart
e Luís Gustavo

Embaixo
Luís Gustavo e
Meire Nogueira

Luís Gustavo,
Maria Vidal e
Amilton Fernandes

No alto
Walter Stuart,
Maria Vidal,
Amilton Fernandes,
Neide Alexandre
e Luís Gustavo

Amilton Fernandes
e Neide Alexandre

Embaixo
Amilton Fernandes,
Meire Nogueira,
Neide Alexandre
e Luís Gustavo

No alto
Ator não identificado, Amilton Fernandes, Luís Gustavo, Célia Rodrigues, Geraldo Pereira (Gariba), atriz não identificada e, de chapéu, o cantor Hugo Santana

Embaixo
Luís Gustavo, Amilton Fernandes, Célia Rodrigues, Geraldo Pereira e atrizes não identificadas

Fuzarca e Torresmo

Fuzarca (Albano Pereira) e Torresmo (Brasil Queirolo)

Os palhaços Fuzarca e Torresmo divertiram a garotada de São Paulo desde o início da televisão. Já em outubro de 1950, menos de um mês após a inauguração da PRF3-TV, a dupla começou a aparecer no vídeo todas as sextas-feiras logo no início da programação, por volta das 20h. Participava do quadro *Dois Malucos na TV* dentro do programa *Gurilândia*, realizado com os artistas mirins do *Clube Papai Noel*, famoso programa de rádio produzido por Homero Silva, com direção artística do maestro Francisco Dorce. No ano de 1951, além de atuarem na televisão, Fuzarca e Torresmo apresentavam-se em teatros e escolas de bairros da capital paulista, participando de espetáculos para crianças produzidos pelo Teatro Escola de São Paulo, grupo amador criado pelo casal Júlio Gouveia e Tatiana Belinky. Durante toda a década de 1950, estiveram presentes em diversos programas da TV Tupi-Difusora, encantando a criançada com as brincadeiras que faziam principalmente no *Circo Bombril*, memorável programa circense produzido e apresentado por Walter Stuart. Na vida real, Fuzarca chamava-se Albano Pereira, e Torresmo, Brasil José Carlos Queirolo. Permaneceram juntos até 1964, ano do falecimento de Fuzarca.

Revista Feminina

Produzido por Aberlado Figueiredo, o programa diário *Revista Feminina* foi lançado em março de 1958 e ficou treze anos em cartaz na TV Tupi-Difusora, até 1971, sempre coordenado e apresentado por Maria Thereza Gregori. No início, tinha uma hora de duração, das 13h às 14h, mas esse tempo chegou a se estender por mais de duas horas. O programa tinha várias seções, como a que trazia o título de *Apontamento*, com a participação do atual escritor de novelas Manoel Carlos, que fazia comentários sobre literatura, e do diretor de teatro Adhemar Guerra, que falava sobre dramaturgia e entrevistava atores e diretores teatrais. Outra seção era dedicada à apresentação de novelas curtas que permaneciam algumas semanas no ar (a atriz Glória Menezes estreou na televisão numa dessas novelas, uma adaptação do romance *Senhora*, de José de Alencar). Tratando exclusivamente de moda e da boa aparência feminina, havia também a seção *Vaidade e Beleza*, apresentada por Marlene Mariano.

Página oposta
No alto
Maria Thereza Gregori e
Décio de Almeida Prado

Embaixo
Marlene Mariano,
apresentadora da seção
Vaidade e Beleza

O poeta Paulo Bomfim,
Marlene Mariano, Maria
Thereza Gregori e
Maria José Gregori, em
dezembro de 1959

Na foto maior
Maria Thereza Gregori,
a coordenadora e
apresentadora da Revista
Feminina

À direita
O decorador Veríssimo
e a produtora de moda
Janete Coutinho

Maria Thereza Gregori
com o diretor teatral
Adhemar Guerra

Bola do Dia

Bola do Dia era um quadro de humor de 5 minutos apresentado diariamente por volta das 19h30. Produzido, dirigido e interpretado por Walter Stuart, que teve brilhante participação na TV Tupi na década de 1950. Além de realizar diversos trabalhos como ator, foi redator, produtor e, acima de tudo, um excelente comediante e humorista.

Produziu vários programas de sucesso, entre eles o famoso *Circo Bombril*, primeiro programa circense da televisão, e os seriados humorísticos *As Aventuras de Berloque Kolmes* e *Olindo Topa Tudo*.

Bola do Dia contava sempre com a participação de importantes atores e comediantes da PRF3-TV, entre eles David Neto, Fernando Baleroni, Mário Alimari e Geraldo Pereira, também conhecido como Gariba.

Ao lado
Fernando Baleroni e Geraldo Pereira (Gariba)

Embaixo
Astrogildo Filho, Walter Stuart no papel de um divertido Papai Noel e a menina Matrorosa

O ator e comediante Mário Alimari

Na página oposta
Walter Stuart

Grandes Atrações Pirani

É grande a lista de *shows* e programas musicais de sucesso realizados pela PRF3-TV na década de 1950. Três programas se destacaram nos primeiros anos de vida da emissora: *Desfile de Melodias Jardim*, com o maestro Luiz Arruda Paes, uma produção de Ribeiro Filho; *Caderno Musical Antarctica*, com a participação do músico e *showman* William Fourneaud, uma produção de Túlio de Lemos e do maestro Georges Henry; e *Todos os Ritmos*, com o pistonista Zezinho e seu conjunto musical. Mais tarde, vieram os famosos programas *Antarctica no Mundo dos Sons*, com o maestro Georges Henri (1954); *Música e Fantasia*, apresentado por Lolita Rodrigues e J. Silvestre e produzido por Teófilo de Barros Filho, com a participação de Abelardo Figueiredo e seu grupo de dança moderna (1955); e *Folias Philips*, grande show de música e dança produzido por Abelardo Figueiredo (1956).

Ao lado
O cantor Carlos José

No meio
O cantor Agnaldo Rayol

Cantor estrangeiro, Dorinha Duval, o diretor de TV Mário Pamponet e Francisco Milani

Embaixo, à direita
Francisco Milani, o repórter José Carlos de Moraes, Dorinha Duval, Roberto Corte Real e pessoas não identificadas

Ao lado
Ator não identificado,
Dorinha Duval e
Fernando Bruck

Embaixo
Astrogildo Filho

Dorinha Duval com
Luiz Gonzaga

Ao lado
No carro, Dorinha Duval.
À direita o *cameraman*
Jerubal Garcia

Embaixo
Ator não identificado em
cenário pintado

O cantor Nelson
Gonçalves, no centro,
e à esquerda o ator e
cantor Astrogildo Filho

Conjunto musical com
o acordeonista Uccho
Gaeta

Ao lado
O ator e apresentador
Rubens Greiffo

Embaixo
Francisco Milani e
Dorinha Duval

O cantor "namorado
do Brasil", Francisco
Carlos, Dorinha Duval
e Francisco Milani

Os Melhores da Semana

Sob o patrocínio da Indústria de Alimentos Nestlé, o programa *Os Melhores da Semana* ia ao ar todas as quartas-feiras às 20h10. A cada sete dias, os apresentadores Márcia Real e Heitor de Andrade entregavam o troféu Melhores da Semana aos artistas de maior destaque no rádio, no teatro, no cinema e na televisão. Era produzido pelo jornalista Airton Rodrigues, que também respondia pela produção de mais dois programas de grande sucesso na PRF3-TV: *Clube dos Artistas* e *Almoço com as Estrelas*.

O cenógrafo Alexandre Korowaitzik, o ator José Parisi e a atriz Flora Geny recebem de Márcia Real e Heitor de Andrade o troféu Melhores da Semana pelo trabalho que realizaram na peça *Marco Milhão*, de Eugene O'Neill, apresentada no teleteatro *TV de Vanguarda*

Júlio Gouveia recebe o troféu Melhores da Semana e anuncia o próximo seriado infantojuvenil baseado no livro *Angélika*, de H. E. Seuberlich, traduzido do alemão e adaptado para a TV por Tatiana Belinky. À esquerda, David José no papel de Tom Sawyer, a atriz Dulce Margarida vestida como a boneca Emília do *Sítio do Picapau Amarelo* e o irmãozinho de Rafael Neto; ao centro, Roberto de Almeida Rodrigues, da revista *7 Dias na TV* e, à direita, Márcia Real e Aurélio Campos.

Na página oposta O ator Hernê Lebon recebe o prêmio por seu trabalho na peça *Timon de Atenas*, de Shakespeare, apresentada no programa *Teatro da Juventude*, com adaptação de Tatiana Belinky e direção de Júlio Gouveia

Almoço com as Estrelas

Todos os sábados, às 13h, artistas do rádio, do teatro, do cinema e da televisão eram recebidos no palco-auditório do Sumaré. Lá, numa grande mesa, garçons serviam um almoço especialmente preparado por um famoso restaurante da cidade.

Num clima descontraído e agradável, com notícias do meio artístico, entrevistas e números musicais, o casal Airton e Lolita Rodrigues conduzia o programa *Almoço com as Estrelas*, que estreou em junho de 1956, permanecendo no ar durante muitos anos.

Número musical

Lolita Rodrigues conversa com o cantor Léo Romano

Na página oposta
Airton e Lolita Rodrigues e, à frente deles, Neide Alexandre, Roberto de Almeida Rodrigues, a cantora Laila Cury e a atriz e apresentadora Dorinha Duval

Edição Extra

Maurício Loureiro Gama foi o primeiro jornalista a aparecer no vídeo da PRF3-TV. Na década de 1940, fez muito sucesso na Rádio Tupi escrevendo crônicas políticas lidas diariamente, às 22h, no seu famoso programa *Ponta de Lança*, título inspirado no livro de Oswald de Andrade, escritor por quem tinha grande admiração. No dia 19 de setembro de 1950, um dia após a inauguração do Canal 3, ele entra no ar por volta das 21h30 e lê uma crônica política com cerca de 3 minutos de duração. Uma semana depois, lê suas crônicas sentado diante de uma máquina de escrever para dar aos telespectadores a impressão de que se encontrava na redação do jornal *Diário de São Paulo*, onde trabalhava. Com o nome de *Vídeo Político*, suas apresentações passaram então a acontecer todas as quintas-feiras à noite, sempre por volta das 21h30, horário próximo do encerramento da programação. No ano de 1951, começa a fazer comentários sobre notícias publicadas na imprensa e sua presença no vídeo torna-se cotidiana, aparecendo na *Revista Diária dos Diários e Revistas*, programa de 10 minutos que logo evoluiu para um noticiário com o nome de *Diário de São Paulo na TV*. Em 1957, cria mais um programa jornalístico, o informativo *Edição Extra*, com 25 minutos de duração, que entrava no ar diariamente às 12h, abrindo a nova programação da TV Tupi-Difusora.

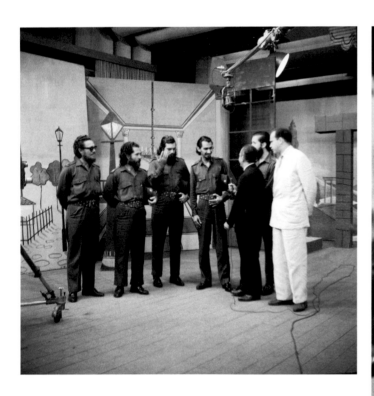

Na página oposta
Os companheiros de
Fidel Castro, entre eles
muito provavelmente
Raul Castro, Camilo
Cienfuegos e Che
Guevara, encoberto pelo
repórter de terno escuro,
José Carlos de Moraes

Fidel Castro e o repórter
José Carlos de Moraes
(de terno escuro e
gravata)

No alto
O repórter Carlos Spera,
de perfil, conversa com
Fidel Castro. Ao fundo,
César Monteclaro,
então assistente de
Cassiano Gabus Mendes
na direção artística da
televisão

Embaixo
Ao centro, sentados, o
repórter Carlos Spera
e Fidel Castro. Em pé,
atrás dos dois, Maurício
Loureiro Gama

Grande Teatro Tupi

Primeira série de teleteatro da televisão brasileira, o *Grande Teatro Tupi* estreou em novembro de 1951 e permaneceu no ar durante quase catorze anos, até meados de 1965, sempre apresentando espetáculos com mais de uma hora de duração às segundas-feiras por volta das 21h45. No início, foi chamado de *Teleteatro das Segundas-Feiras* e *Grande Teatro das Segundas-Feiras*, mas em junho de 1952 ganha o nome de *Grande Teatro Monções*, em alusão ao patrocinador, a empresa Monções Construtora e Imobiliária S/A. Mantém-se dois anos com esse nome, até ser anunciado como *Grande Teatro Tupi*, título que recebia sempre que lhe faltava um patrocinador. Além desses nomes, teve diferentes denominações durante o tempo em que ficou no ar: *Grande Teatro Três Leões, Teleteatro GM, Grande Teatro Nestlé, Grande Teatro Telespark, Grande Teatro Johnnie Walker, Teleteatro Brastemp* e *Teleteatro Eltex*.

Ao longo da década de 1950, caracterizou-se como o teleteatro feito pela gente de teatro. A PRF3-TV designava um produtor para cuidar das questões práticas envolvidas na realização do teleteatro, pois era necessário que alguém fizesse o contato com o diretor teatral responsável pela escolha da peça e do elenco, que organizasse a montagem dos cenários no estúdio e que, no dia do programa, acolhesse na televisão o pessoal do teatro que chegava depois do almoço para realizar os ensaios do espetáculo que ia ao ar à noite, ao vivo. Inicialmente, o principal produtor do *Grande Teatro Tupi* foi o diretor teatral Ruggero Jacobbi, depois vieram Antunes Filho, a atriz Maria Fernanda, o ator João Restiff, o jornalista Oscar Nimitz, o diretor de teleteatro Geraldo Vietri, o diretor de teatro Ademar Guerra, o ator Armando Bógus e, por fim, a partir de 1961, a atriz e diretora Wanda Kosmo. Além do produtor, a televisão fornecia o diretor de TV, quase sempre o excelente profissional Luiz Gallon, que ajudava o diretor da peça a refazer no estúdio, em função das câmeras, as marcações dos atores feitas anteriormente no palco.

O *Grande Teatro Tupi* era feito pelos artistas de teatro. Eles vinham às segundas-feiras, na folga semanal de seus espetáculos. No início, vinham a Dulcina, o Odilon, o Jaime Costa, o Procópio Ferreira, a Bibi Ferreira, a Maria Della Costa, o Sandro Polônio, a Henriette Morineau... Eles vinham com a peça pronta, com uma marcação própria para o teatro. Na segunda-feira à tarde, eles faziam um ensaio no cenário da televisão. Eu modificava a marcação que eles já tinham feito, adaptando-a para a linguagem das câmeras de TV, organizando as cenas em termos de plano e contraplano. Por exemplo, eu dizia a eles que esquecessem a plateia, que não precisavam ficar um ao lado do outro olhando para a plateia, que podiam olhar um para o outro, ficar frente a frente, que a câmera selecionaria a imagem, que não era preciso projetar a voz pois havia o boom, o microfone. [...] Quem começou fazendo o contato da televisão com o pessoal de teatro para essas apresentações foi o famoso diretor de teatro da época, o italiano Ruggero Jacobbi.

Luiz Gallon, em entrevista ao autor

Participaram do *Grande Teatro Tupi* em sua primeira fase, durante os anos 1950, alguns dos mais famosos atores e atrizes da época, nomes como Procópio Ferreira, Bibi Ferreira, Eva Todor, Dulcina de Moraes, Odilon Azevedo, Jaime Costa e Henriette Morineau, que remontavam no estúdio da televisão espetáculos do repertório de suas companhias teatrais. Mas o programa também abriu as portas da televisão para toda uma nova geração de diretores, atores e atrizes saídos do teatro amador estudantil e universitário do Rio de Janeiro e de São Paulo, jovens que rapidamente se profissionalizaram, iniciando promissoras carreiras teatrais. Alguns deles, como Antunes Filho, Sérgio Brito, Fernanda Montenegro, Ítalo Rossi, Nathalia Timberg, Manoel Carlos, Maria Della Costa, Vera Nunes, Fernando Torres, Nicette Bruno, Maria Fernanda, Ademar Guerra e Armando Bógus tiveram nesse período repetidas participações no programa.

Uma segunda fase do *Grande Teatro Tupi* abre-se em 1961, quando passa a ser produzido e dirigido pela atriz e diretora Wanda Kosmo. Como nesse tempo os teleteatros ainda eram ao vivo, mesmo que se repetisse uma peça já encenada dois ou três anos antes, cada programa era de certo modo uma apresentação inédita, um espetáculo praticamente novo, pois a mesma história era realizada com novo elenco, nova direção e novos cenários e figurinos. Por isso, Wanda Kosmo reapresentou diversos textos do repertório da moderna dramaturgia europeia e norte-americana, fazendo desfilarem novamente pelo *Grande Teatro Tupi* autores como Arthur Miller, Eugene O'Neill, Tennessee Williams, Pirandello, Noel Coward, Joseph Kesselring, Jean Cocteau e, também, outros escritores e dramaturgos modernos como Ibsen, Gogol e Tchekhov. Porém, ela trouxe ao programa algo até então inexistente, que foram as adaptações de grandes obras literárias, de contos e de romances famosos. Fez também uma importante modificação, que foi a de utilizar no *Grande Teatro Tupi* quase que tão somente os atores e atrizes da própria TV Tupi-Difusora.

É Ilusão

Grande Teatro Tupi
23-11-1959
21h40 segunda-feira
Autor
Eugene O'Neill
Adaptação e direção
Dionísio Azevedo
Sonoplastia
Henrique Jorge Cruz
Direção de TV
Luiz Gallon

Lima Duarte,
Suzy Arruda (enfermeira)
e Flora Geny

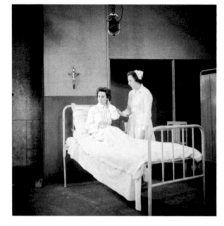

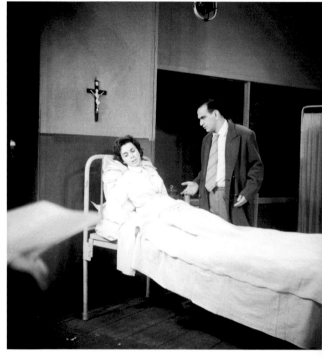

Quadro Sem Moldura

Grande Teatro Tupi
07-12-1959
21h40 segunda-feira
Autor
Walter Negrão
Direção
Geraldo Vietri
Cenografia
Alexandre Korowaitzik
Sonoplastia
Henrique Jorge Cruz
Direção de TV
Luiz Gallon

Walter Negrão, Luís Orione (com a garrafa), Francisco Martins (de óculos) e Flora Geny

Francisco Cuoco e Flora Geny

Título desconhecido

Grande Teatro Tupi
Data provável
Janeiro de 1960
Direção
Geraldo Vietri
Direção de TV
Luiz Gallon

Ao lado
Laura Cardoso
e Amilton Fernandes

Embaixo
Turíbio Ruiz e
Suzy Arruda

Amilton Fernandes e
Suzy Arruda

Na página oposta
Laura Cardoso
e Amilton Fernandes

A Ponte de Waterloo

Grande Teatro Tupi
08-02-1960
22h00 segunda-feira
Autor
Robert Anderson ou
Robert Sherwood
Adaptação e direção
Geraldo Vietri
Iluminação
W. Pereira
Cenografia
Alexandre Korowaitzik
Direção de TV
Luiz Gallon

No alto
Gilberto Rondon

Embaixo
Vera Nunes com
Amilton Fernandes,
com Fernando Bruck
(à mesa) e com ator
não identificado (no
sofá)

Na página oposta
Amilton Fernandes,
Vera Nunes e atriz não
identificada

Amilton Fernandes e
Vera Nunes

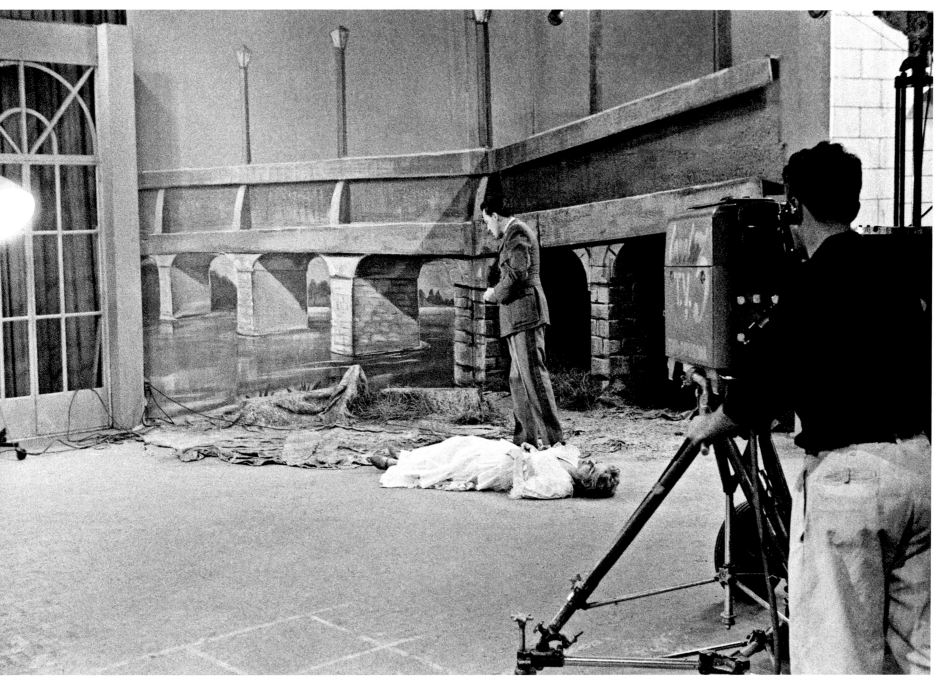

Na página oposta
No alto
Gilberto Rondon
(abaixado) e, à direita,
Décio Ferreira e
Fernando Rizzo

Embaixo
Natal Saliba e Vera
Nunes (de capa preta)

Na foto maior
Vera Nunes
e Amilton Fernandes

Vera Nunes
e Monah Delacy

A Dama da Madrugada

Grande Teatro Tupi
09-05-1960
22h00 segunda-feira
Autor
Alejandro Casona
Tradutor
Waldemar de Oliveira
Produção
Armando Bógus
Iluminação
Gilberto Bottura
Cenografia
Alexandre Korowaitzik
Direção de TV
Luiz Gallon

Acima
Glória Menezes

Ao lado
Irina Grecco e
Glória Menezes

Maria Célia Camargo
e Felipe Carone

Maria Célia Camargo (de avental), Oswaldo Loureiro, Monah Delacy Felipe Carone e Glória Menezes

Amor de Outono

Grande Teatro Tupi
25-07-1960
22h00 segunda-feira
Autor
Colette
Adaptação
Monah Delacy
Direção
Geraldo Vietri
Produção
Armando Bógus
Direção de TV
Luiz Gallon

Lino Sérgio,
Monah Delacy (loira) e
Ivy Fernandes (morena)

TV de Vanguarda

O teleteatro *TV de Vanguarda* estreou no dia 17 de agosto de 1952 apresentando a peça *O Julgamento de João Ninguém*, uma adaptação feita por Dionísio Azevedo de uma história norte-americana publicada muito provavelmente na revista *Mistério Magazine de Ellery Queen*. O elenco era formado pelo próprio Dionísio Azevedo, diretor do espetáculo, e mais os atores Lima Duarte, Walter Stuart, José Parisi, Francisco Negrão, Maria Cecília Garófalo e seu marido David Neto. O segundo programa da série foi ao ar duas semanas depois, no dia 31 de agosto, com a apresentação de *A Vida por um Fio*, história adaptada do filme *Sorry, Wrong Number*, de Anatole Litvak, que Cassiano Gabus Mendes havia encenado quase dois anos antes, no começo da televisão, com Lia de Aguiar no papel principal. Duas semanas depois, no dia 14 de setembro, foi a vez de Walter George Durst apresentar a peça *Crime Sem Paixão*, adaptação de uma história do escritor e roteirista norte-americano Ben Hecht, que contou com a participação de Dionísio Azevedo, Lima Duarte e Maria Cecília.

Durante quase toda a década de 1950, Cassiano Gabus Mendes, Walter George Durst e Dionísio Azevedo foram praticamente os únicos responsáveis pelo teleteatro *TV de Vanguarda*. Nesse tempo, somente deixaram de comandar o programa em alguns curtos períodos, como, por exemplo, no final de 1955 e início de 1956, quando Walter George Durst e Cassiano Gabus Mendes conseguem finalmente realizar o desejo de fazer cinema e, com o elenco de artistas da TV Tupi-Difusora, dirigem conjuntamente nos estúdios da Cia. Cinematográfica Vera Cruz o filme *O Sobrado*, uma adaptação da obra *O Tempo e o Vento*, de Érico Veríssimo; ou quando, em 1957, Walter George Durst retorna ao cinema dirigindo o filme *Paixão de Gaúcho* e Dionísio Azevedo dirige seu primeiro filme, *Chão Bruto*, baseado na obra de Ernani Donato, realizando assim, ele também, um antigo sonho.

Somente algumas vezes Cassiano Gabus Mendes atuou no programa como ator, adaptador ou diretor de cena. O que ele fazia mesmo, com grande frequência, era cuidar da direção de TV de quase todos os espetáculos. Na mesa de corte, selecionava as imagens e realçava a dramaticidade das cenas, inventando movimentos de câmera, closes, fusões, planos e contraplanos.

O Cassiano foi primeiro técnico, o primeiro em tudo em nossa TV incipiente. Ele fazia o que em outros países se chama *switch*, ele era um *switchman*, o selecionador de imagens, enfim, aquele que aperta um botão e põe as imagens no ar diretamente, quando o programa é ao vivo, ou as imprime no tape, quando o programa é gravado. Como o Cassiano era diretor (artístico) na época, muito justamente diretor de tudo, o seu trabalho como selecionador de imagens foi traduzido no Brasil como direção de TV. A palavra pegou e ficou até hoje.

Sérgio Brito, no livro *Fábrica de Ilusão – 50 Anos de Teatro*

Os textos eram escolhidos, adaptados e encenados principalmente por Walter George Durst e, numa proporção menor, por Dionísio Azevedo, que logo tratou de montar Shakespeare na televisão. No dia 5 de outubro de 1952, quando vai ao ar o quinto ou o sexto programa da série, ele dirige a adaptação que fez da peça *Otelo*, interpretando o papel-título ao lado dos jovens radialistas José Parisi, Vida Alves, Flora Geny e Lima Duarte, todos com menos de 25 anos de idade. Neste espetáculo, coube a Lima Duarte interpretar o personagem Yago e, um ano depois, em 1953, também com direção de Dionísio Azevedo, ele voltaria a atuar em mais uma peça de Shakespeare, *Hamlet*, interpretando o papel do príncipe da Dinamarca.

A partir de 1958, Syllas Roberg, que na época era um importante escritor de radioteatro, integrou-se à equipe de produção do *TV de Vanguarda*, passando também a realizar diversos trabalhos de adaptação e direção. Além de textos clássicos do teatro e da literatura mundiais, o programa apresentava também autores da moderna dramaturgia europeia e norte-americana, seguindo nesse aspecto os caminhos do *Grande Teatro Tupi*. Diferenciava-se, porém, deste teleteatro por incluir em seu repertório histórias adaptadas de filmes norte-americanos, a maior parte delas já apresentadas no radioteatro *Cinema em Casa*, e também muitas adaptações de contos e romances de autores brasileiros.

Ah, Guimarães Rosa! Meu velho mestre, meu Alcorão, meu livro de todos os dias! As histórias que ele conta fazem parte da minha própria vida, pois ele fala dos bichos que na infância conheci, das pessoas que vi, com quem convivi e que amei. Como o próprio Guimarães Rosa diz, "eu sei de que lado vem a chuva e escuto o barulho do capim crescendo". Daí o meu amor por ele, um velho amor, amor antigo, desde o começo, logo quando ele apareceu. [...] Fizemos o primeiro Guimarães Rosa no *TV de Vanguarda* em 1952, uma adaptação que o Dionísio Azevedo fez de um pequeno conto chamado "Corpo Fechado", que está no livro Sagarana. Nesse teleteatro, fiz o papel do Mané Fulô.

Lima Duarte, em depoimento à Associação Pró-TV, no livro *Pioneiros do Rádio e da TV no Brasil*

Lia de Aguiar, Vida Alves, Márcia Real, Percy Aires, Dionísio Azevedo, Henrique Martins, José Parisi, Lolita Rodrigues, Fernando Baleroni, Laura Cardoso, Turíbio Ruiz, Célia Rodrigues, Jayme Barcelos, Araken Saldanha, David Neto, Maria Cecília, Rogério Márcico, Norah Fontes, Heitor de Andrade, Marly Bueno, Luís Orione, Flora Geny, Lima Duarte, Rolando Boldrin, Eduardo Abbas e Luís Gustavo fazem parte dos atores e atrizes da TV Tupi-Difusora que tiveram grande participação no teleteatro *TV de Vanguarda* durante a década de 1950. A partir de 1963, o programa passou a ser produzido e dirigido pelo ator e diretor Benjamin Cattan, que o manteve no ar até 1967.

Memórias de um Louco

TV de Vanguarda
29-03-1959
21h50 domingo
Autor
Nicolai Gogol
Adaptação e direção
Syllas Roberg
Iluminação
Gilberto Bottura
Cenografia
Alexandre Korowaitzik

No alto
Maria Valéria
e Lima Duarte

Otto Bendix

Embaixo
Neide Pavani

Percy Aires,
Emílio Lenham
e Lima Duarte

Ao lado
Lima Duarte

Embaixo
Otto Bendix,
Lima Duarte e
Célia Rodrigues

Lima Duarte
e Célia Rodrigues

Calunga

TV de Vanguarda
10-05-1959,
21h50 domingo
Autor
Jorge de Lima
Adaptação e direção
Walter George Durst
Iluminação
Gilberto Bottura
Sonoplastia
Salatiel Coelho
Direção de TV
Cassiano Gabus Mendes

Atriz não identificada,
Fernando Bruck,
Natal Saliba,
Eduardo Abbas,
Dionísio Azevedo (na
rede) e Jayme Barcelos

Dionísio Azevedo
(na rede) e, à frente,
Norah Fontes

Ao lado
Nair Silva

Acima
Turíbio Ruiz,
Luís Orione e
Neusa Azevedo

Embaixo
Fernando Bruck,
Natal Saliba,
Gilberto Rondon,
ator não identificado
e Emílio Lenham

Henrique Martins
e Lima Duarte

No alto
Rolando Boldrin,
Lima Duarte e Gibe

Dionísio Azevedo

Embaixo
Dionísio Azevedo
(na rede). À direita,
Lima Duarte
e Henrique Martins

Neusa Azevedo

Na página oposta
Em primeiro plano,
Lima Duarte

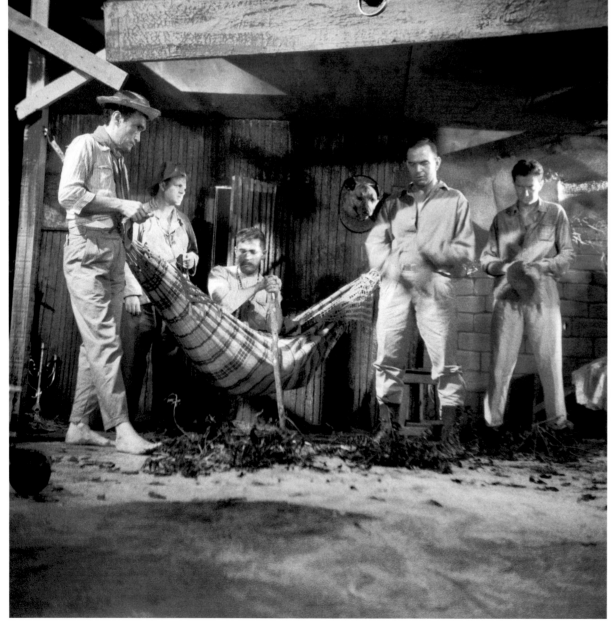

Fausto

TV de Vanguarda
24-05-1959
21h50 domingo
Autor
Goethe
Adaptação e direção
Syllas Roberg
Iluminação
Gilberto Bottura
Cenografia
Alexandre Korowaitzik

No alto
Percy Aires
e Luís Gustavo

Fernando Bruck,
Percy Aires, Luís
Gustavo, Fininho
e Bentinho

Na página oposta
Neide Pavani e
Maria Valéria

No alto
Lima Duarte
e Percy Aires

Percy Aires

Embaixo
Lima Duarte

Neide Pavani
e Lima Duarte

Na página oposta
Percy Aires
e Lima Duarte

Os Sertões

TV de Vanguarda
05-07-1959
21h50 domingo
Autor
Euclides da Cunha
Adaptação e direção
Syllas Roberg
Iluminação
Gilberto Bottura
Sonoplastia
Salatiel Coelho

Ao lado
Lolita Rodrigues
e Lima Duarte

Embaixo
Gilberto Rondon,
Dionísio Azevedo
e Fernando Bruck

Lima Duarte, no papel
de João Abade

Ao lado
Em primeiro plano,
Turíbio Ruiz, Luís Orione
e Lima Duarte

Embaixo
Lima Duarte,
Gilberto Rondon
e Lolita Rodrigues

Nair Silva, Turíbio Ruiz
(Antonio Conselheiro)
e Luís Orione

A Hora e Vez de Augusto Matraga

TV de Vanguarda
02-08-1959
21h50 domingo
Autor
João Guimarães Rosa
Adaptação e direção
Dionísio Azevedo
Iluminação
Gilberto Bottura
Sonoplastia
Salatiel Coelho
Direção de TV
Cassiano Gabus Mendes

No alto
Emílio Lenham, Lima Duarte, David José, Bentinho (em cima), Dionísio Azevedo e ator não identificado

Embaixo
Rubens Campos, atriz não identificada e Lima Duarte

Eduardo Abbas e Lima Duarte

Na página oposta
Lima Duarte e Dionísio Azevedo

Ao lado e na
página oposta
À mesa, Lima Duarte
e Dionísio Azevedo

Abaixo
Atriz não identificada,
Rubens Campos e
Lima Duarte

Depois, também no *TV de Vanguarda*, fizemos o clássico *A Hora e Vez de Augusto Matraga*. Fiz o papel do Matraga, o Nhô Augusto Esteves das Pindaíbas, que é o seu nome verdadeiro. Dionísio Azevedo fez o Joãozinho Bem-Bem, "o Rompe e Treme, o Rompe e Fecha, o Rompe e Quebra, o meu amigo, meu compadre, meu parente, seu Joãozinho Bem-Bem!". Era assim que o Guimarães Rosa escrevia, com esse ritmo, essa música, essa cadência própria que encontramos na fala das gentes do interior das Minas Gerais.

Lima Duarte em depoimento à Associação Pró-TV, no livro *Pioneiros do Rádio e da TV no Brasil*

Rachel

TV de Vanguarda
16-08-1959
21h50 domingo
Autor
Erskine Caldwell
Adaptação e direção
Syllas Roberg
Iluminação
Gilberto Bottura
Sonoplastia
Darcy Cavalheiro

Ao lado
José Soares, Ubiratan Gonçalves e Décio Ferreira

Embaixo
José Soares, Douglas Norris, Rubens Campos (de costas) e Ubiratan Gonçalves

José Soares, Geraldo Louzano, Ubiratan Gonçalves e Célia Rodrigues

Célia Rodrigues e
Geraldo Louzano

Wânia Martini,
Geraldo Louzano,
Romano Luís e
Dionísio Azevedo.
Ao fundo, Fernando
Bruck

Ao lado
Deitada no balcão,
Wânia Martini.
Em pé, Geraldo Louzano,
Dionísio Azevedo
e Romano Luís. Ao
fundo, Fernando Bruck

Embaixo
Geraldo Louzano,
Romano Luís e
Wânia Martini

Wânia Martini e
Geraldo Louzano

Na página oposta
No alto
Sentada à mesa,
Neusa Azevedo

Dionísio Azevedo
e Romano Luís

Geraldo Louzano

Embaixo
Wânia Martini,
Geraldo Louzano,
Romano Luís,
Douglas Norris
e Rubens Campos

Geraldo Louzano,
Dionísio Azevedo,
Odilon Del Grande
e ator não indentificado.
Deitada no balcão,
Wânia Martini

Marco Milhão

Flora Geny e
José Parisi

TV de Vanguarda
13-09-1959
21h50 domingo
Autor
Eugene O'Neill
Tradução
Henrique Galvão
Adaptação e direção
Dionísio Azevedo
Iluminação
Gilberto Bottura
Cenografia
Alexandre Korowaitzik

Obsessão

TV de Vanguarda
17-01-1960
22h00 domingo

Peça baseada no filme de 1946, *The Postman Always Rings Twice*, dirigido por Tay Garnett, com história e roteiro de James M. Cain
Adaptação e direção
Walter George Durst
Iluminação
W. Pereira
Sonoplastia
Darcy Cavalheiro
Direção de TV
Cassiano Gabus Mendes

Ao lado
Vida Alves,
Fernando Baleroni
e Henrique Martins

Embaixo
Fernando Baleroni,
Henrique Martins
e Vida Alves.
Atrás, o iluminador
W. Pereira

Henrique Martins

Henrique Martins
e Luís Orione

Araken Saldanha,
Vida Alves e
Henrique Martins

Henrique Martins
e Vida Alves

A Jaula

TV de Vanguarda,
22-05-1960
21h45 domingo

Peça baseada no filme de 1950, *À Margem da Vida* (*Caged*), dirigido por John Cromwell, com história e roteiro de Virgínia Kellogg
Adaptação e direção
Walter George Durst
Iluminação
Gilberto Bottura
Sonoplastia
Darcy Cavalheiro
Direção de TV
Cassiano Gabus Mendes

Glória Menezes
e Aida Mar

Célia Rodrigues

Márcia Real
e Vida Alves

Laura Cardoso

Glória Menezes,
Aida Mar
e Vida Alves

Márcia Real
e Vida Alves

Marisa Sanches
e Glória Menezes

Glória Menezes,
Márcia Real e
Célia Rodrigues.
No alto, no beliche,
Wânia Martini

Atriz não identificada, Glória Menezes e Clenira Michel

Ao fundo, de preto, Laura Cardoso, Néa Simões e Clenira Michel. Em primeiro plano, à esquerda, Márcia Real e Wânia Martini; à direita, Célia Rodrigues e Vida Alves

O Último Pirata

Ao lado
Na primeira e na última fila, os irmãos Mastrorosa. Na fila do meio, David José e Adriano Stuart. Em pé, Luís Orione

David José, Adriano Stuart e Percy Aires

Abaixo
Adriano Stuart e David José

Na página oposta
Adriano Stuart e David José

TV de Vanguarda
03-07-1960
22h00 domingo
Autor
Arckady Averchenko
Adaptação e direção
Walter George Durst
Iluminação
Gilberto Bottura
Sonoplastia
Salatiel Coelho
Cenografia
Alexandre Korowaitzik
Direção de TV
Cassiano Gabus Mendes

No alto
David José
e Geny Prado

Lima Duarte
e Geny Prado

Ao lado
Lima Duarte
e David José

Ao lado
Lima Duarte,
Percy Aires,
Rubens Campos,
Gilberto Rondon,
David José e
Adriano Stuart

Na foto grande
Rubens Campos,
Gilberto Rondon,
Lima Duarte e
Percy Aires

Os Três Desconhecidos

TV de Vanguarda
17-07-1960
22h00 domingo

Peça baseada no filme de 1946, *Three Strangers*, dirigido por Jean Negulesco, com história e roteiro de John Huston
Adaptação e direção
Walter George Durst
Iluminação
Gilberto Bottura
Sonoplastia
Darcy Cavalheiro
Direção de TV
Cassiano Gabus Mendes

Maria Helena Dias
e David Neto

Luiz Canales
e David Neto

Maria Helena Dias
e Cláudio Marzo

Lima Duarte, David Neto
e Maria Helena Dias

Ao lado
Wânia Martini
e Maria Helena Dias

Embaixo
David Neto
e Célia Rodrigues

Lima Duarte
e Fernando Bruck

TV de Comédia

Sempre com a participação dos atores e atrizes da própria televisão e apresentando peças leves, comédias de costume e comédias ligeiras de fácil compreensão, o teleteatro *TV de Comédia* permaneceu no ar durante nove anos, alternando-se com o *TV de Vanguarda* a cada quinze dias, aos domingos à noite, por volta das 21h45. O espetáculo de estreia, no dia 29 de dezembro de 1957, foi a comédia *Treze à Mesa*, de Marc Gilbert Sauvajon, já apresentada em 1953 no Teatro Brasileiro de Comédia – TBC. A escolha da peça foi muito apropriada para a data, já que sua história se desenrola em torno de um jantar de fim de ano organizado por um casal, cuja mulher, muito supersticiosa, aguarda a chegada de seus convidados bastante apreensiva com o fato de que serão treze pessoas à mesa, número por ela considerado de azar. A produção foi de Heitor de Andrade e a direção de Antunes Filho, com um elenco formado por Laura Cardoso, Percy Aires, Amândio Silva Filho, Cathy Stuart, Arnaldo Weiss, Marlene Morel, Ubiratan Gonçalves, Turíbio Ruiz, Dorinha Duval e Araken Saldanha. Durante três meses, de janeiro a abril de 1958, o programa ficou sob a direção de Antunes Filho e nesse período foram apresentadas as seguintes peças: em 12 de janeiro, *Vá com Deus*, comédia americana de Allen Boretz e John Murray, cartaz do TBC em 1952; em 26 de janeiro, *Negócios de Estado*, de Louis Verneuil, encenada no TBC em 1954; em 9 de fevereiro, o programa não foi ao ar por motivo de doença da atriz Lídia Costa; em 23 de fevereiro, *Cala a Boca, Etelvina*, de Armando Gonzaga; em 9 de março, *Inimigos Íntimos*, cujo título original é *Ami-ami*, comédia de Pierre Barillet e Jean-Pierre Grédy; e, em 23 de março, *Joaninha Buscapé*, de Luiz Iglésias. O espetáculo seguinte, a peça *O Interventor*, de Paulo Magalhães, foi apresentado no dia 6 de abril com direção de Geraldo Vietri, ele que um mês antes, no dia 10 de março, havia feito sua estreia na PRF3-TV, no *Grande Teatro Tupi*, dirigindo a peça *Arsênico e Alfazema*, de Joseph Kesselring.

Desde essa época e até 1967, quando o programa saiu do ar, Geraldo Vietri se manteve à frente do *TV de Comédia*, adaptando e dirigindo comédias de autores estrangeiros e, sobretudo, textos de toda uma geração de teatrólogos brasileiros formada nos anos 1920 e 1930, que incluía nomes como Gastão Tojeiro, Viriato Correia, Armando Gonzaga, Joraci Camargo, Guilherme de Figueiredo, Ernani Fornari, Paulo de Magalhães, José Wanderley e outros, sem esquecer de Oduvaldo Vianna, velho conhecido no Sumaré, tendo trabalhado na Rádio Tupi até 1953.

Pouco a pouco, Geraldo Vietri desenvolve uma aprimorada técnica de escrita televisiva, passando ele próprio a escrever peças para o *TV de Comédia*, nas quais costumava apresentar personagens hilariantes de origem popular, inspirados nas figuras que tinha conhecido no bairro paulistano da Mooca, onde nasceu e viveu grande parte de sua vida. Mais tarde, na década de 1960, como autor de telenovelas, fez enorme sucesso trazendo para o vídeo essas mesmas figuras populares de sua infância, adolescência e juventude, particularmente na novela *Nino, o Italianinho*, estrelada pelo ator Juca de Oliveira. Muitos outros importantes atores e atrizes, como Suzana Vieira, Geórgia Gomide, Ana Rosa e Tony Ramos iniciaram suas carreiras artísticas na televisão pelas mãos de Geraldo Vietri, atuando em suas novelas ou no teleteatro *TV de Comédia*.

O Ribeiro Filho me avisa: "Olha, vai ser escalada daqui a pouco uma nova novela. Ela terá a direção do Geraldo Vietri. Então vê lá se você consegue pegar essa novela. Você faz o teste, eu não sei como é que eles estão trabalhando. Vai lá, fala que estou lhe indicando. Tem outras pessoas concorrendo ao personagem. Você vai lá e se apresenta". [...] Eu fui. Um garotão ainda, tinha feito dezesseis anos. Estou contando essa história que aconteceu no início de 1965. [...] Chego lá e me apresento pro seu Geraldo Vietri, nosso querido Geraldo Vietri, um dos maiores autores da história da televisão brasileira. [...] A novela chamava-se *A Outra*. Me apresento. Havia outros candidatos. Fiz lá a leitura, que eu tinha que fazer, para ver se eu me enquadrava no personagem. O Geraldo Vietri olhou, olhou e falou: "É, você tem o perfil do personagem. Dou a resposta daqui a alguns dias". Fiquei torcendo para que essa resposta fosse positiva. E ganhei o personagem, ganhei o papel! Consegui! E foi primeira grande chance, a primeira grande chance mesmo!

Tony Ramos, em depoimento à Associação Pró-TV.

Comemoração do 2º aniversário do *TV de Comédia*

O maquiador Miro, ator não identificado (ao fundo), Heitor de Andrade, pessoa não identificada (possivelmente, o representante da indústria de móveis Paschoal Bianco, patrocinadora do programa), José Parisi, Geraldo Vietri, Lolita Rodrigues, Clenira Michel e Márcia Real

2º aniversário do TV de Comédia

Dezembro de 1959

Heitor de Andrade (abrindo o champagne), pessoa não identificada, José Parisi, Lolita Rodrigues, Clenira Michel, Laura Prado, Dorinha Duval, Adolar Costa, Márcia Real e Odilon Del Grande

O maquiador Miro, Carmem Marinho, Amilton Fernandes, Heitor de Andrade, Geny Prado, três pessoas não identificadas, José Parisi, Geraldo Vietri, Lolita Rodrigues e Clenira Michel

Nelly Reis, Mário Ernesto, o maquiador Miro, Flávio Pedroso (de perfil) Carmem Marinho, Floriza Rossi, Nair Silva, Heitor de Andrade, Luís Orione, pessoa não identificada, Lolita Rodrigues, Clenira Michel e Laura Prado

Flávio Pedroso, Nelly Reis, Mário Ernesto, o maquiador Miro, Carmem Marinho, Nair Silva, Heitor de Andrade, pessoa não identificada, José Parisi, Lolita Rodrigues, Clenira Michel, Laura Prado e Dorinha Duval

Enfim Sós

TV de Comédia
08-02-1959
21h50 domingo
Autor
Hélio Soveral
Adaptação e direção
Geraldo Vietri
Supervisão de produção
Heitor de Andrade
Iluminação
Mauro Marcelino
Direção de TV
Mário Pamponet

No alto
Maria Valéria, Geraldo Louzano, Older Cazarré e Amândio Silva Filho

Maria Valéria, Geraldo Louzano, Amândio Silva Filho

Embaixo
Márcia Real, Amândio Silva Filho, Older Cazarré e Dorinha Duval

Maria Valéria e Rubens Greiffo

Na página oposta
Older Cazarré e Dorinha Duval. Atrás, Geraldo Louzano e Maria Valéria

A Ditadora

TV de Comédia
17-05-1959
21h50 domingo
Autor
Paulo Magalhães
Adaptação e direção
Geraldo Vietri
Supervisão de produção
Heitor de Andrade
Cenografia
Alexandre Korowaitzik
Direção de TV
Mário Pamponet

No alto
Percy Aires,
Amilton Fernandes,
e Maria Vidal

Maria Valéria e
Maria Vidal

Percy Aires e
Márcia Real

Ao lado
Márcia Real,
Maria Vidal,
Luís Orione,
Older Cazarré,
Guiomar Gonçalves
e Percy Aires

No alto
Amilton Fernandes
e Maria Valéria

Amilton Fernandes,
Percy Aires
e Maria Vidal

Amilton Fernandes
e Maria Valéria

Embaixo
Maria Vidal
e Percy Aires

O Começo do Fim

TV de Comédia
31-05-1959
21h50 domingo
Autor
Geraldo Vietri
Supervisão de produção
Heitor de Andrade
Direção
Geraldo Vietri
Direção de TV
Mário Pamponet

Márcia Real, Aida Mar,
Fernando Baleroni,
Luís Gustavo, Older
Cazarré, Percy Aires
e Laura Cardoso

Maria Valéria
e Luís Gustavo

Ao lado
Floriza Rossi, Older Cazarré, Laura Cardoso e Percy Aires

Maria Valéria e Laura Cardoso

Embaixo
Xisto Guzzi, Maria Valéria, Luís Gustavo e Clenira Michel

Laura Cardoso, Márcia Real, Aida Mar, Maria Valéria, Older Cazarré, Luís Gustavo, Percy Aires e Fernando Baleroni

No alto
Maria Valéria
e Laura Cardoso

Fernando Baleroni
e Percy Aires.

Maria Valéria, Luís
Gustavo, Xisto Guzzi e
Clenira Michel

Embaixo
Em pé, Percy Aires,
Fernando Baleroni
e Older Cazarré.
Sentados, Luís Gustavo
e Luís Orione

Na página oposta
No alto
Márcia Real e Laura
Cardoso

Néa Simões toma o
pulso de Maria Valéria,
observada por Laura
Cardoso, Márcia Real,
e Aida Mar

Embaixo
Fernando Baleroni,
Nair Silva, Márcia Real
e Aida Mar

Márcia Real e
Fernando Baleroni

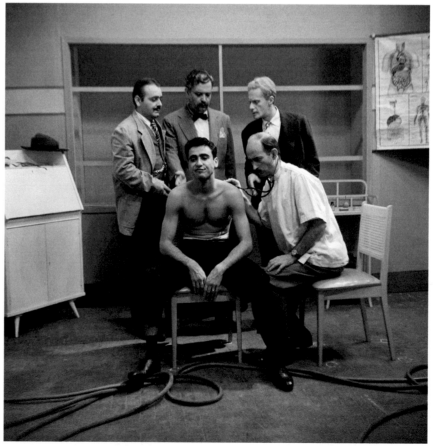

O Hóspede do Quarto n. 2

TV de Comédia
28-06-1959
21h50 domingo
Autor
Armando Gonzaga
Adaptação e direção
Geraldo Vietri
Supervisão de produção
Heitor de Andrade
Iluminação
W. Pereira
Direção de TV
Mário Pamponet

Ao lado
Walter Stuart, Nair Silva, Floriza Rossi, Older Cazarré e Amilton Fernandes

Amilton Fernandes, Luís Orione e Carmem Marinho

Embaixo
Older Cazarré, Floriza Rossi, Carmem Marinho, Luís Orione, Maria Vidal e Geny Prado

Márcia Real, José Parisi, Clenira Michel e Amilton Fernandes

Older Cazarré e
Amilton Fernandes

Amilton Fernandes
e Clenira Michel

Luís Orione
e Older Cazarré

Na foto grande
Amilton Fernandes,
José Parisi e
Márcia Real

No alto
Luís Orione, Walter Stuart e Older Cazarré

Atrás, Rolando Boldrin, Luís Orione e Amilton Fernandes.
À frente, Clenira Michel, Older Cazarré, Floriza Rossi, Lolita Rodrigues, Rubens Greiffo e Dorinha Duval

Embaixo
Adolar Costa, Laura Prado e Odilon Del Grande

José Parisi, Adolar Costa e Márcia Real

Ao lado
Lolita Rodrigues
e Rubens Greiffo

Embaixo
Luís Gustavo
e Wânia Martini

Dorinha Duval
e Amilton Fernandes

Das Cinco às Sete

TV de Comédia
12-07-1959
21h50 domingo
Autor
Joracy Camargo
Adaptação e direção
Geraldo Vietri
Supervisão de produção
Heitor de Andrade
Direção de TV
Mário Pamponet

Amilton Fernandes
e Maria Valéria

Márcia Real e
Amilton Fernandes

Ao lado
Rubens Greiffo

Percy Aires, Márcia Real
e Amilton Fernandes

Percy Aires e
Márcia Real

Embaixo
Amilton Fernandes
e Márcia Real

Amilton Fernandes
e Percy Aires

No alto
Clenira Michel,
Percy Aires
e Márcia Real

Márcia Real
e Percy Aires

Amilton Fernandes,
Percy Aires e
Márcia Real

Embaixo
Neide Pavani
e Percy Aires

Neide Pavani
e Rubens Greiffo

Maria Valéria e
Clenira Michel

A Cigana me Enganou

TV de Comédia
26-07-1959
21h30 domingo
Autor
Paulo Magalhães
Adaptação e direção
Geraldo Vietri
Supervisão de produção
Heitor de Andrade
Direção de TV
Mário Pamponet

Na página oposta
Rubens Greiffo
e Lolita Rodrigues

Em cima
Percy Aires, Turíbio Ruiz,
Rubens Greiffo, Lolita
Rodrigues e Lídia Costa

Percy Aires, Geny Prado,
Laura Prado, Lídia Costa,
Lolita Rodrigues e
Rubens Greiffo

Ao lado
Sentadas, Geny Prado,
Lolita Rodrigues e
Laura Prado. Em pé,
Lídia Costa, Rubens
Greiffo e Percy Aires

Abaixo
Percy Aires, Rubens
Greiffo, Lolita Rodrigues
e Lídia Costa

Percy Aires
e Geny Prado

170

À Sombra dos Laranjais

TV de Comédia
09-08-1959
21h50 domingo
Autor
Viriato Correia
Adaptação e direção
Geraldo Vietri
Supervisão de produção
Heitor de Andrade
Direção de TV
Mário Pamponet

No alto
Maria Valéria,
Dorinha Duval,
Geraldo Louzano,
Fernando Baleroni,
Walter Stuart,
Fininho, Geny Prado,
Célia Rodrigues e
Rolando Boldrin

Embaixo
Célia Rodrigues
e Maria Valéria

Geraldo Louzano,
Maria Valéria
e Nair Silva

No alto
Geraldo Louzano
e Maria Valéria

Embaixo
Maria Valéria e
Dorinha Duval

Dorinha Duval
e Maria Valéria

Dorinha Duval,
Walter Stuart
e Maria Valéria

Célia Rodrigues,
Rolando Boldrin,
Geny Prado e Fininho

O Conde e a Plebeia

TV de Comédia
06-09-1959
21h50 domingo
Autor
Correia Leite
Adaptação e direção
Geraldo Vietri
Supervisão de produção
Heitor de Andrade
Direção de TV
Mário Pamponet

Ao lado
Flora Geny e
Amilton Fernandes

Clenira Michel e
Carmem Marinho

Embaixo
Flora Geny e
Amilton Fernandes

Percy Aires,
Flora Geny e
Amilton Fernandes

Ao lado
Flora Geny, Norah
Fontes e Percy Aires. Ao
fundo,
Fernando Rizzo

Adolar Costa, Amândio
Silva Filho e Amilton
Fernandes

Embaixo
Clenira Michel
e Flora Geny

Norah Fontes,
Carmem Marinho,
Flora Geny e Percy Aires

Ao lado
Gibe

Percy Aires e
Amândio Silva Filho

Embaixo
Adolar Costa e
Amândio Silva Filho

Nair Silva
e Amilton Fernandes

Ao lado
Norah Fontes,
Percy Aires, Amilton
Fernandes, Flora Geny,
Carmem Marinho e
Amândio Silva Filho

Flora Geny e
Carmem Marinho

Embaixo
Amilton Fernandes e
Amândio Silva Filho

Carmem Marinho
e Flora Geny

Papai Fanfarrão

TV de Comédia
20-09-1959
21h50 domingo
Autores
Mário Lago
José Wanderley
Adaptação
Walter Stuart
Direção
Geraldo Vietri
Supervisão de produção
Heitor de Andrade
Direção de TV
Mário Pamponet

No alto
Luís Orione,
Amilton Fernandes
e Walter Stuart

Marisa Sanches
e Lolita Rodrigues

Embaixo
Norah Fontes, Amilton
Fernandes e Walter
Stuart

Lolita Rodrigues, Marisa
Sanches, Amilton
Fernandes e Walter
Stuart

No alto
Luís Orione, Amilton Fernandes, Lolita Rodrigues, Walter Stuart, Norah Fontes, Marisa Sanches e Adolar Costa

Norah Fontes, Amilton Fernandes e Lolita Rodrigues

Embaixo
Amilton Fernandes e Marisa Sanches

Amilton Fernandes e Walter Stuart

As Asas de Fogo

TV de Comédia
01-11-1959
22h00 domingo
Autor
Armando Bertoni
Adaptação e direção
Geraldo Vietri
Supervisão de produção
Heitor de Andrade
Direção de TV
Mário Pamponet

No alto
Dorinha Duval,
Amilton Fernandes
e Laura Cardoso

Luís Orione e
Amilton Fernandes

Jaime Barcelos
e Laura Cardoso

Embaixo
Dorinha Duval
e Laura Cardoso

Amilton Fernandes
e Jaime Barcelos

Ao lado
Jaime Barcelos e
Dorinha Duval

Luís Orione,
Odilon Del Grande
e Amilton Fernandes

Embaixo
Laura Cardoso,
Amilton Fernandes
e Dorinha Duval

Jaime Barcelos e
Amilton Fernandes

Pé de Cabra

TV de Comédia
15-11-1959
22h00 domingo
Autor
Dias Gomes
Adaptação e direção
Geraldo Vietri
Supervisão de produção
Heitor de Andrade
Direção de TV
Mário Pamponet

Ao lado
Adolar Costa
e Clenira Michel

Clenira Michel,
Older Cazarré
e Adolar Costa

Embaixo
Rolando Boldrin,
Older Cazarré,
Régis Cardoso,
Wânia Martini,
Clenira Michel
e Adolar Costa

Adolar Costa
e Clenira Michel

Ao lado
Wânia Martini,
Clenira Michel,
Adolar Costa e
Régis Cardoso

Embaixo
Older Cazarré e
Régis Cardoso

Adolar Costa e
Rolando Boldrin

O Carneiro do Batalhão

TV de Comédia
29-11-1959
22h00 domingo
Autor
Viriato Correia
Adaptação e direção
Geraldo Vietri
Supervisão de produção
Heitor de Andrade
Direção de TV
Mário Pamponet

Ao lado
Percy Aires e
Amilton Fernandes

Embaixo
Percy Aires e Gibe

Flávio Pedroso,
Clenira Michel,
Dorinha Duval,
Lolita Rodrigues
e Glória Menezes

Lolita Rodrigues,
Glória Menezes,
Dorinha Duval,
Clenira Michel
e Flávio Pedroso

Glória Menezes e
Amilton Fernandes

Ao lado
Amilton Fernandes,
Flávio Pedroso e
Araken Saldanha

Embaixo
Araken Saldanha,
Amilton Fernandes,
Glória Menezes,
Clenira Michel,
Flávio Pedroso
e Percy Aires

Amilton Fernandes,
Percy Aires,
Clenira Michel,
Glória Menezes
e Dorinha Duval

Amilton Fernandes,
Glória Menezes,
Percy Aires e
Flávio Pedroso

Gibe e
Dorinha Duval

Percy Aires,
Clenira Michel,
Glória Menezes
e Dorinha Duval

Neusa Azevedo,
Dorinha Duval,
Glória Menezes,
Clenira Michel
e Gibe

Meu Tio Padre

TV de Comédia
13-12-1959
22h00 domingo
Autor
Batista Machado
Adaptação e direção
Geraldo Vietri
Supervisão de produção
Heitor de Andrade
Direção de TV
Mário Pamponet

Ao lado
Márcia Real e
Amilton Fernandes

Embaixo
Astrogildo Filho e
Amilton Fernandes

Amilton Fernandes
e Márcia Real

Na foto grande
Astrogildo Filho e
Fernando Baleroni

Abaixo
Amilton Fernandes
e Astrogildo Filho

Ao lado
Fernando Baleroni e
Amilton Fernandes

Embaixo
Márcia Real e
Astrogildo Filho

Fernando Baleroni,
Amilton Fernandes,
Márcia Real e
Astrogildo Filho

Na página oposta
Astrogildo Filho,
Amilton Fernandes
e Márcia Real

Trapalhada

TV de Comédia
24-01-1960
22h00 domingo
Autor
Aristides Abranches
Adaptação e direção
Geraldo Vietri
Supervisão de produção
Heitor de Andrade
Direção de TV
Mário Pamponet

Ao lado
Dorinha Duval e
Older Cazarré

Embaixo
Astrogildo Filho e
Amilton Fernandes

Glória Menezes
e Older Cazarré

Glória Menezes,
Astrogildo Filho,
Flávio Pedroso,
Older Cazarré e
Amilton Fernandes

No alto
Amilton Fernandes
e Glória Menezes

Amilton Fernandes,
Astrogildo Filho
e Lolita Rodrigues

Glória Menezes
e Astrogildo Filho

Embaixo
Glória Menezes
e Lolita Rodrigues

Older Cazarré

Eu Não Caso Mais, Padre

TV de Comédia
07-02-1960
22h00 domingo
Autor
Agnaldo Telles
Adaptação e direção
Geraldo Vietri
Supervisão de produção
Heitor de Andrade
Direção de TV
Mário Pamponet

Ao lado
Floriza Rossi,
Rubens Greiffo,
Laura Cardoso
e Maria Vidal

Embaixo
Laura Cardoso
e Rubens Greiffo

Maria Vidal,
Augusto Machado
de Campos e
Laura Cardoso

Augusto Machado
de Campos e
Rubens Greiffo

Floriza Rossi,
Rubens Greiffo,
Augusto Machado
de Campos,
Laura Cardoso
e Maria Vidal

A Camisa de Seda

TV de Comédia
21-02-1960
22h00 domingo
Autor
Geraldo Vietri
Direção
Geraldo Vietri
Direção de TV
Mário Pamponet

No alto
Geny Prado,
Older Cazarré,
Siomara Nagy,
Norah Fontes,
Percy Aires
e Áurea Ribeiro

Geny Prado,
Older Cazarré,
Norah Fontes e
Siomara Nagy

Embaixo
Glória Menezes
e Percy Aires

Percy Aires e
Siomara Nagy

Siomara Nagy,
Norah Fontes,
Geny Prado,
Gloria Menezes,
Percy Aires e
Older Cazarré

No alto
Siomara Nagy
e Glória Menezes

Ao fundo,
Siomara Nagy,
Norah Fontes,
Geny Prado,
Percy Aires
e Older Cazarré.
Em primeiro plano,
Glória Menezes

Embaixo
Glória Menezes,
Geny Prado,
Siomara Nagy
e Norah Fontes

Fernando Bruck
e Percy Aires

Geraldo Louzano
e Geny Prado

Geraldo Louzano

197

Esta Noite é Nossa

TV de Comédia
01-05-1960
22h00 domingo
Autor
Stafford Dickens
Adaptação e direção
Geraldo Vietri
Direção de TV
Mário Pamponet

No alto
Márcia Real,
Amilton Fernandes
e Percy Aires

Márcia Real,
José Parisi,
Amilton Fernandes
e Lolita Rodrigues

Amilton Fernandes
e Márcia Real

Embaixo
José Parisi,
Amilton Fernandes,
Lolita Rodrigues
e Márcia Real

Lolita Rodrigues,
Amilton Fernandes
e Márcia Real

No alto
José Parisi,
Lolita Rodrigues,
Márcia Real e
Amilton Fernandes

Percy Aires e
Amilton Fernandes

Embaixo
José Parisi e
Márcia Real

O Perfume de Minha Mulher

TV de Comédia
15-05-1960
21h45 domingo
Autor
Leo Lenz
Tradutor
Matheus Fontoura
Adaptação e direção
Geraldo Vietri
Direção de TV
Mário Pamponet

Amilton Fernandes
e Araken Saldanha

Glória Menezes e
Amilton Fernandes

Glória Menezes e
Amilton Fernandes

Lolita Rodrigues
e Glória Menezes

Lolita Rodrigues,
Araken Saldanha,
Amilton Fernandes
e Glória Menezes

Glória Menezes
e Lolita Rodrigues

Glória Menezes e
Amilton Fernandes

Glória Menezes
e Lolita Rodrigues

Amilton Fernandes
e Siomara Nagy

Older Cazarré e
Amilton Fernandes

Glória Menezes,
Siomara Nagy,
Older Cazarré e
Amilton Fernandes

Uma Mulher do Outro Mundo

TV de Comédia
29-05-1960
22h30 domingo
Autor
Noel Coward
Tradutor
Carlos Lage
Adaptação e direção
Geraldo Vietri
Direção de TV
Mário Pamponet

No alto
Márcia Real,
Glória Menezes
e Vida Alves

Clenira Michel,
Luís Orione,
Vida Alves,
Amilton Fernandes
e Glória Menezes

Nas fotos pequenas
Glória Menezes,
Márcia Real,
Amilton Fernandes
e Vida Alves

Ao lado
Márcia Real
e Vida Alves

No alto
Amilton Fernandes
e Vida Alves

Vida Alves, Nair Silva
e Amilton Fernandes

Embaixo
Clenira Michel, Vida
Alves, Luís Orione,
Amilton Fernandes
e Márcia Real

Glória Menezes,
Vida Alves e
Amilton Fernandes

Enquanto Eles Foram Felizes

TV de Comédia
26-06-1960
22h00 domingo
Autor
Vernon Sylvaine
Tradutor
Gert Meyer
Adaptação e direção
Geraldo Vietri
Direção de TV
Mário Pamponet

Ao lado
Dorinha Duval e
Amilton Fernandes

Amilton Fernandes,
Percy Aires e
Márcia Real

Embaixo
Lolita Rodrigues
e Percy Aires

Percy Aires,
Glória Menezes
e Rubens Greiffo

Na página oposta
No alto
Glória Menezes,
Dorinha Duval, Amilton
Fernandes e Márcia Real

Percy Aires,
Lolita Rodrigues
e Fernando Baleroni

Embaixo
Dorinha Duval, Amilton
Fernandes, Glória
Menezes, Percy Aires
e Márcia Real

Siomara Nagy e
Glória Menezes

No alto
Amilton Fernandes
e Percy Aires

Glória Menezes,
Dorinha Duval e
Amilton Fernandes

Dorinha Duval, Márcia
Real e Percy Aires

Embaixo
Rubens Greiffo
e Dorinha Duval

Dorinha Duval
e Glória Menezes

Ao lado
Rubens Greiffo,
Dorinha Duval e
Amilton Fernandes

Percy Aires
e Márcia Real

Embaixo
Percy Aires e
Dorinha Duval

Glória Menezes,
Percy Aires,
Amilton Fernandes
e Márcia Real

Divórcio para Três

TV de Comédia
10-07-1960
22h00 domingo
Autor
Victorien Sardou
Adaptação e direção
Geraldo Vietri
Cenografia
Alexandre Korowaitzik
Direção de TV
Mário Pamponet

No alto
Márcia Real,
Rubens Greiffo e
Amilton Fernandes

Sentada ao centro,
Domitila Gomes da Silva.
Em pé, Rubens Greiffo,
Márcia Real,
Gilberto Rondon,
Amilton Fernandes e
Rolando Boldrin

Ao lado
Márcia Real
e Amilton Fernandes

No alto
Amilton Fernandes
e Rolando Boldrin

Amilton Fernandes e
Augusto Machado de
Campos (Machadinho)

Embaixo
Márcia Real, Mário
Ernesto, Rubens Greiffo,
ator não identificado e
Amilton Fernandes

Amilton Fernandes
e Márcia Real

Márcia Real, atriz não
identificada, Gilberto
Rondon, Amilton
Fernandes e Rolando
Boldrin

Título desconhecido

TV de Comédia
Data provável
Outubro de 1959
Direção
Geraldo Vietri
Direção de TV
Mário Pamponet

Ao lado
Lolita Rodrigues,
Amilton Fernandes
e Geny Prado

Lolita Rodrigues,
Flávio Pedroso e
Amilton Fernandes

Embaixo
Geny Prado e
Amilton Fernandes

Flávio Pedroso,
Rubens Greiffo,
Amilton Fernandes,
Turíbio Ruiz,
Geny Prado,
Lolita Rodrigues
e Luís Orione

Lolita Rodrigues,
Rubens Greiffo,
Amilton Fernandes
e Geny Prado

Ao lado
Turíbio Ruiz
e Luís Orione

Nair Silva e
Amilton Fernandes

Embaixo
Lolita Rodrigues
e Rubens Greiffo

Floriza Rossi

Título desconhecido

TV de Comédia
Data provável
Novembro de 1959
Direção
Geraldo Vietri
Direção de TV
Mário Pamponet

Ao lado
Ganhando um beijo,
Neusa Azevedo

Geraldo Louzano e
Carmem Marinho

Embaixo
Odilon Del Grande,
Geraldo Louzano,
Carmem Marinho,
Dorinha Duval,
Lídia Costa,
Amilton Fernandes,
Turíbio Ruiz
e Machadinho

Carmem Marinho

No alto
Dorinha Duval
e Amilton Fernandes

Dorinha Duval,
Amilton Fernandes,
Turíbio Ruiz
e Lídia Costa

Embaixo
Dorinha Duval.
Sentados,
Geraldo Louzano,
Turíbio Ruiz
e Lídia Costa

Dorinha Duval e
Carmem Marinho

Turíbio Ruiz
e Lídia Costa

Título desconhecido

TV de Comédia
Data provável
Março de 1960
Direção
Geraldo Vietri
Direção de TV
Mário Pamponet

No alto
Em pé,
Amilton Fernandes
e Cidinha de Freitas.
Sentados,
Wânia Martini,
Maria Vidal,
Márcia Real,
Luís Orione
e Percy Aires

Amilton Fernandes
e Wânia Martini

Embaixo,
Maria Vidal,
Márcia Real,
Luís Orione
e Percy Aires

Odilon Del Grande,
Luís Orione,
Percy Aires,
Luiz Gustavo,
Amilton Fernandes
e Maria Vidal

Na página oposta
Cidinha de Freitas,
Márcia Real,
Dorinha Duval
e Maria Vidal

Título desconhecido

TV de Comédia
Data provável
Abril de 1960
Direção
Geraldo Vietri
Direção de TV
Mário Pamponet

No alto
Amilton Fernandes, Dorinha Duval, Márcia Real, Maria Vidal e Cidinha de Freitas

Percy Aires, Flávio Pedroso, Dorinha Duval, Luís Gustavo, Maria Vidal, Cidinha de Freitas, Wânia Martini, Amilton Fernandes e Márcia Real

Embaixo
Amilton Fernandes e Wânia Martini

Percy Aires, Márcia Real e Maria Vidal

No alto
Dorinha Duval,
Luís Gustavo
e Flávio Pedroso

Percy Aires,
Márcia Real e
Luís Gustavo

Maria Vidal,
Márcia Real
e Percy Aires

Embaixo
Percy Aires,
Dorinha Duval,
Márcia Real,
Wânia Martini
e Cidinha de Freitas

Flávio Pedroso
e Dorinha Duval

Título desconhecido

TV de Comédia
Data provável
Maio de 1960
Direção
Geraldo Vietri
Direção de TV
Mário Pamponet

Ao lado
Amândio Silva Filho
e Bentinho

Embaixo
Geraldo Louzano,
Wânia Martini e
Amândio Silva Filho

Carmem Marinho
e Amândio Silva Filho

No alto
Geraldo Louzano,
e Amândio Silva Filho

Amândio Silva Filho
e Carmem Marinho

Embaixo
Odilon Del Grande
e Amândio Silva Filho

Amândio Silva Filho
e Carmem Marinho

O teatro-escola de Júlio Gouveia e Tatiana Belinky

No dia 29 de novembro de 1959, o *Teatro da Juventude*, famoso programa de teleteatro da TV Tupi-Difusora, não apresentou nenhuma peça, nenhum espetáculo infantojuvenil conforme vinha fazendo havia já seis anos, sempre aos domingos, às 10h. É que nesse dia, num cenário enfeitado com flores, tendo ao centro uma mesa com um bonito bolo de aniversário, o médico psiquiatra Júlio Gouveia e sua mulher Tatiana Belinky reuniam-se com amigos e com atores e atrizes que trabalhavam em seus programas de TV, para festejar diante das câmeras do Canal 3 os dez anos da fundação de seu grupo teatral.

Com efeito, dez anos antes, no mês de novembro de 1949, os dois e mais alguns amigos, muitos deles também médicos, fundam o Teatro Escola de São Paulo – Tesp, grupo amador de teatro para crianças que teve inicialmente o nome de Sociedade de Amadores do Teatro de Arte para Crianças. Nessa época, o diretor de teatro Ruggero Jacobbi, recém-chegado a São Paulo, costumava frequentar as reuniões semanais organizadas na casa de Júlio Gouveia e de Tatiana Belinky, onde se discutiam diversos temas culturais, sobretudo teatro, música e literatura. Por ser o único amigo do casal que realmente possuía experiência e formação teatral, foi-lhe então designado o posto de presidente de honra da nova sociedade amadora. Com cenários e iluminação executados por ele, a primeira montagem do Tesp foi *Peter Pan*, uma adaptação em três atos feita por Júlio Gouveia da famosa história de James Matthew Barrie, espetáculo beneficente apresentado no Theatro Municipal no início do ano de 1950 com o apoio da Associação Feminina Israelita-Brasileira Vita Kempner. O sucesso foi enorme e se repetiu em outras apresentações da peça, sempre com casas lotadas, uma delas patrocinada pela Prefeitura, poucas semanas depois, no mesmo Theatro Municipal.

Meses mais tarde, a Secretaria Municipal de Educação e Cultura decide promover teatro para crianças em escolas, cinemas, teatros e bibliotecas públicas. O grupo de Júlio Gouveia e Tatiana Belinky começa então a fazer apresentações praticamente todos os domingos pela manhã, às 10h, ele se dedicando cada vez mais à direção artística dos espetáculos e ela cuidando dos figurinos, dos adereços de cena e, principalmente, escrevendo pequenas peças e adaptando contos, fábulas e histórias de diversos autores da literatura infantil mundial, sem esquecer de Monteiro Lobato, é claro, um dos escritores de maior predileção do casal.

No começo, além das atrizes amadoras Wilma Camargo e Haydée Bittencourt e do então crítico de teatro e cenógrafo Clóvis Garcia, participavam dos espetáculos os irmãos de Tatiana, Abram e Benjamim Belinky, o primeiro atuando como contrarregra e, o outro, como ator, e também pessoas amigas que apenas amavam as artes e o teatro, sem nenhuma experiência de palco. Participava ainda um bando de crianças, filhos de pessoas ligadas ao Tesp: Ricardo e André Gouveia, filhos de Júlio e Tatiana; Sérgio Rosemberg, filho do pneumologista José Rosemberg; Antônio Sílvio Lefevre, filho do neurologista Antônio Branco Lefevre; Lídia e Lia Rosenberg, filhas do cardiologista David Rosenberg; e Irene e Marília, filhas do ortopedista Plínio Ribeiro Cardoso. Com o passar do tempo, outras pessoas se uniram ao grupo, algumas delas já com experiência no teatro amador e outras que pretendiam tão somente acompanhar de perto o trabalho artístico e educativo que o Tesp vinha realizando. Este foi o caso da cunhada do médico Plínio Ribeiro Cardoso, Suzy Arruda, que aos poucos começou a entrar em cena e, não demorou muito, tornou-se excelente atriz, realizando depois importantes trabalhos no teatro e na televisão.

Apresentamos o *Peter Pan* no Municipal e em vários bairros da cidade. Depois, começamos a montar peças infantis e a fazer apresentações em quase todos os teatros de São Paulo, até mesmo na periferia. Onde não havia teatro, a gente se apresentava em salões e auditórios. A Prefeitura pagava a montagem de cada peça, e não ganhávamos nada porque éramos amadores, nem contrato tínhamos, só recebíamos uma ajuda de custo. A Prefeitura dava o teatro, o maquinista, o guarda-roupa e tudo o que era necessário para a montagem da peça. [...] Fizemos isso durante três anos, sem contrato, com o pessoal trabalhando todo o fim de semana. Ninguém reclamava, todos eram amadores e amadores do verbo amar!

Tatiana Belinky, em depoimento à Associação Pró-TV.

Indicado por Décio de Almeida Prado, que já escrevia críticas de teatro no jornal *O Estado de S. Paulo*, Júlio Gouveia torna-se em 1950 diretor do grupo de teatro dos comerciários criado pouco tempo antes pelo Serviço Social do Comércio – Sesc. Lá dirige a peça *O Calcanhar de Aquiles* (*Aventuras da Família Lero-lero*), do comediógrafo cearense Raymundo Magalhães Júnior, e fica conhecendo alguns jovens atores que em pouco tempo começam a participar também dos espetáculos para crianças realizados pelo Tesp. Entre esses amadores estavam Ítalo Rossi, que se tornou o grande ator dos dias atuais; Maria Cecília de Carvalho e seu futuro marido David Garófalo, que seriam contratados pela TV Tupi-Difusora pouco tempo depois, ele com o nome de David Neto; e Paulo Basco, que teve importante participação nos programas que Júlio Gouveia e Tatiana Belinky passaram a produzir na televisão a partir de 1952. A primeira real oportunidade que Paulo Basco teve para demonstrar seu grande talento aconteceu em 1954, quando interpretou o boneco de madeira Pinocchio durante cerca de seis meses, na adaptação em episódios semanais que Tatiana Belinky fez do livro *As Aventuras de Pinocchio*, de Carlo Collodi.

Todavia, a descoberta mais importante de Júlio Gouveia entre os amadores do Sesc foi a moça Lúcia Lambertini. Atriz excepcional, descendente de uma grande família de atores italianos imigrantes, ligou-se ao Tesp em 1950, começando a participar dos espetáculos infantis que o grupo apresentava nos teatros e escolas da cidade. Na televisão, construiu sólida carreira como atriz, diretora e escritora de novelas, sendo sempre lembrada por sua brilhante atuação no papel da boneca de pano Emília das histórias do *Sítio do Picapau Amarelo*, de Monteiro Lobato, personagem que interpretou durante quase vinte anos.

No fim do ano de 1951, após ter comemorado seu primeiro aniversário, a PRF3-TV busca decididamente aproximar-se dos grupos teatrais amadores visando fortalecer sua incipiente programação dramática. Júlio Gouveia é então convidado a fazer uma apresentação de seu teatro para crianças no estúdio do Canal 3. Lá, no dia 24 de dezembro, é encenado com o elenco do Tesp o espetáculo *Os Três Ursos*, peça de Tatiana Belinky inspirada em personagens da escritora norte-americana Charlotte Chorpenning.

Algumas semanas depois, nos dias 10 e 24 de janeiro de 1952, o grupo se apresenta na TV Paulista, Canal 5, a convite de Ruggero Jacobbi, seu diretor artístico. Esta nova emissora paulista só seria inaugurada oficialmente dali a pouco mais de dois meses, em abril, mas já funcionava experimentalmente. Para uma das apresentações na TV Paulista, o próprio Júlio Gouveia foi o autor do texto, uma adaptação que fez de *A Pílula Falante*, um dos episódios do livro *As Reinações de Narizinho*, de Monteiro Lobato.

A próxima aparição do Tesp na televisão aconteceria cerca de dois meses mais tarde, em abril, só que desta vez na PRF3-TV. A ida do grupo para lá aconteceu um mês após o jovem diretor artístico do Canal 3, Cassiano Gabus Mendes, ter contratado Ruggero Jacobbi como produtor da primeira série teleteatral da emissora, o *Grande Teatro Tupi*. E é muito provável que tenha sido este amigo de Júlio Gouveia e Tatiana Belinky quem sugeriu a Cassiano o nome do Tesp para iniciar no Sumaré mais uma série de programas de teleteatro. Foi desse modo que, em abril de 1952, estreia na TV Tupi-Difusora o programa *Fábulas Animadas*, primeiro teleteatro infantil da televisão. Desde esta data até 1963, sempre com uma intenção educativa e buscando despertar nas crianças e nos jovens o interesse pela leitura, o Tesp permanecerá no Canal 3 apresentando ao vivo programas de teleteatro infantojuvenil, espetáculos completos, séries e seriados, contando histórias escolhidas livremente por Júlio Gouveia e Tatiana Belinky, quase todas adaptadas de livros ou escritas por ela, sem nenhuma interferência da direção da televisão.

A peça *Os Três Ursos* foi transmitida pela TV Tupi e fez um sucesso tremendo. O programa foi assistido por muita gente e houve muitos telefonemas para a televisão pedindo mais programas de teatro para crianças. Teve até gente que telefonou querendo patrocinar programas desse tipo. De modo que começamos assim na TV, com uma pecinha de teatro infantil.

Tatiana Belinky, em depoimento à Associação Pró-TV.

Algum tempo depois que nos casamos, o Júlio começou a pensar em teatro para crianças, que ele via como uma atividade educativa, construtiva, formadora, capaz de desenvolver na criança e no adolescente certos conceitos, certas atitudes mentais e emocionais, base para a formação na idade adulta, de uma atitude ética diante da vida, de uma compreensão justa dos valores humanos.

Tatiana Belinky, em entrevista ao autor.

Aniversário de Tatiana Belinky

18 de março de 1959, aniversário de quarenta anos

À frente, David José, Rafael Neto, Lúcia Lambertini e o maquiador Barry. Atrás, Suzy Arruda, Edna Costa, Moacyr Costa, mulher não identificada, Hernê Lebon, Adélia Victória, homem não identificado e Wilma Camargo

Suzy Arruda, duas mulheres não identificadas, o casal Edna e Moacyr Costa e Lúcia Lambertini

Em torno de Júlio Gouveia e Tatiana Belinky, o elenco do Tesp. Na primeira fila, criança não identificada, Rafael Neto, Mara Mesquita, Wilma Camargo, Dulce Margarida, Nonô Pacheco, Lúcia Lambertini, Verinha Darcy, Barry, Suzy Arruda, Adélia Victória, Paulo Basco, Maria Adelaide Amaral, Edna Costa, Moacyr Costa e Hernê Lebon

Duas mulheres não identificadas, o casal Edna e Moacyr Costa, Lúcia Lambertini e Tatiana Belinky

Suzy Arruda, Júlio Gouveia, Tatiana Belinky e Edna Costa

Fábulas Animadas e seriados

Fábulas Animadas, série de programas de teatro para crianças, estreou no dia 3 abril de 1952 com a apresentação da fábula *A Cigarra e a Formiga*, de La Fontaine. O programa ia ao ar uma vez por semana, todas as quintas-feiras, às 19h30, apresentando histórias completas de aproximadamente vinte e cinco minutos de duração, geralmente adaptações de narrativas do folclore europeu e oriental ou de conhecidos contos e fábulas da literatura infantil universal, incluindo autores célebres como La Fontaine, Esopo, Perrault, Andersen e os irmãos Grimm. Permaneceu no ar até meados de 1956, sendo anunciada com o título de *Fábulas Duchen* durante um curto período de cinco meses, no ano de 1953, quando adotou o nome do patrocinador, uma fábrica de biscoitos. Foi nessa época que seu formato começou a modificar-se, com a alternação de períodos em que apresentava uma história completa a cada semana com períodos em que as histórias eram apresentadas na forma de seriado, com um episódio semanal. Mas em outubro de 1956, quando entra no ar o seriado *Pollyanna*, baseado no livro da romancista norte-americana Eleanor Hodgman Porter, o programa deixa de existir com o nome de *Fábulas Animadas*, ganha mais um dia e passa a ser veiculado duas vezes por semana, às terças e quintas-feiras no mesmo horário, assumindo declaradamente a forma de seriado. Estrelado pela menina Verinha Darcy, o seriado *Pollyanna* ficou seis meses em cartaz, sendo substituído por mais uma história baseada em obra da literatura infantojuvenil, desta vez *O Pequeno Lord*, da romancista inglesa radicada nos Estados Unidos, Frances Hodgson Burnett, que permaneceu nove meses no ar, de maio de 1957 a janeiro de 1958, trazendo no papel-título Rafael Neto, sobrinho da atriz Lúcia Lambertini.

Até o final do ano de 1961, mais algumas histórias adaptadas de livros de conhecidos romancistas e, também, uma história de autoria da própria Tatiana Belinky foram apresentadas nesse horário na seguinte ordem: *Pollyanna Moça*, da mesma escritora Eleanor Hodgman Porter (53 episódios, de janeiro a julho de 1958, novamente com a menina Verinha Darcy); *O Jardineiro Espanhol* (*Nicholas*), de A. J. Cronin (64 episódios, de agosto de 1958 a março de 1959, com Rafael Neto no papel principal); *Angélika*, de H. E. Seuberlich (69 episódios, de março a novembro de 1959, com a menina Regina Salles do Amaral); *O Jardim Encantado*, de Frances Hodgson Burnett (53 episódios, de novembro de 1959 a junho de 1960, com a menina Débora Duarte); *Serelepe*, história original de Tatiana Belinky (oitenta episódios, de junho de 1960 a março de 1961, com a atriz Edi Cerri no papel principal); e *Pablo, o Índio*, do escritor austríaco Karl Bruckner (53 episódios, de março a outubro de 1961, com o menino Ivan José).

Desde o começo fizemos questão de sempre promover o livro e a leitura. Dessa maneira, começamos com *Fábulas Animadas*, que era um programa de fábulas adaptadas de livros e, logo a seguir, veio o *Sítio do Picapau Amarelo*, que era também uma adaptação de livro. Todas as outras coisas que fizemos, inclusive o programa que ia ao ar duas vezes por semana, que não era novela e, sim, uma minissérie de cinquenta capítulos; todos esses programas eram adaptações de romances, de livros que eu já tinha lido e que fazia questão de mostrar na televisão.

Tatiana Belinky, em depoimento à Associação Pró-TV

As pessoas deixavam até de viajar para assistir ao nosso programa, à nossa minissérie. O que fazíamos não era como as novelas de hoje; não era uma coisa que ficava marcando passo, que se você pulasse três capítulos não iria perder nada, não iria fazer diferença nenhuma. No nosso caso, em cada programa acontecia alguma coisa nova, exatamente como acontece quando lemos um livro. *O Sítio do Picapau Amarelo*, por exemplo, tinha uma história diferente em cada programa. É verdade que a cenografia era a mesma e os personagens básicos praticamente os mesmos. Mas cada vez era uma outra história.

Tatiana Belinky, em depoimento à Associação Pró-TV

Nicholas

Seriado
64 episódios
05-08-1958 a 24-03-1959
20h10 terças e quintas
Autor
A. J. Cronin
Tradução e adaptação
Tatiana Belinky
Direção
Júlio Gouveia
Cenografia
Alexandre Korowaitzik
Sonoplastia
Salatiel Coelho
Direção de TV
Antonino Seabra

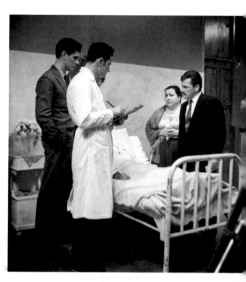

No alto
Marcos Rosembaum

Marcos Rosembaum,
Edna Costa e Dionísio
Azevedo

Otto Bendix. Henrique
Martins, Edna Costa e
Dionísio Azevedo

Embaixo
Amândio Silva Filho

Henrique Martins,
Vilma Camargo
e Hernê Lebon

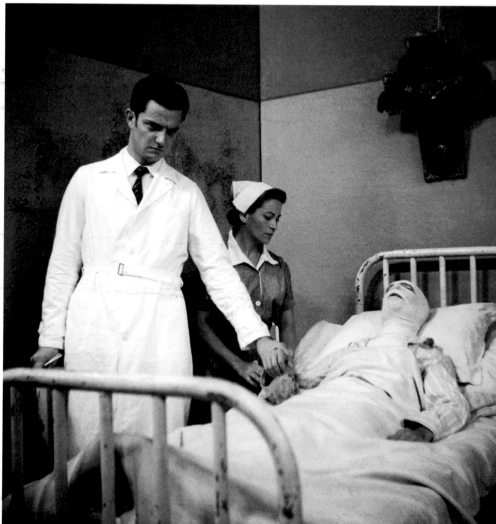

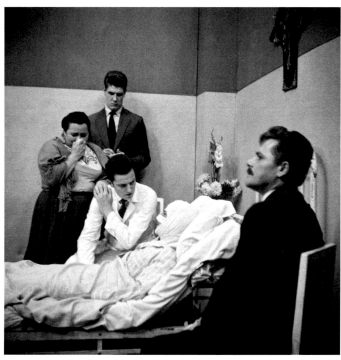

No alto
João Alípio

Marcos Rosembaum,
Dulce Margarida e Ênio
Gonçalves

João Alípio e Rafael
Neto (Nícholas)

Embaixo
Edna Costa, Otto
Bendix, Henrique
Martins e Dionísio
Azevedo

Dulce Margarida e
Ênio Gonçalves

Ao lado
Rafael Golombeck
e Hernê Lebon

Hernê Lebon
e Rafael Neto

Embaixo
Dulce Margarida

No alto
Edna Costa

Júlio Lerner e Rafael Golombeck

Rafael Golombeck

Embaixo
Rafael Neto
Moacyr Costa
e Otto Bendix

Hernê Lebon

No alto
Ênio Gonçalves

Moacy Costa e Rafael Golombeck

Rafael Golombeck, Rafael Neto e Ênio Gonçalves

Embaixo
Rafael Neto e Ênio Gonçalves

Dulce Margarida, Ênio Gonçalves, Rafael Golombeck, Moacyr Costa e Rafael Neto

Dulce Margarida e Rafael Neto

No alto
Rafael Neto
e Moacyr Costa

Geny Prado, Rafael Neto
e João Alípio

João Alípio, Dulce
Margarida, Ênio
Gonçalves e Geny Prado

Mara Mesquita

Embaixo
Dulce Margarida, Rafael
Neto e Ênio Gonçalves

Dulce Margarida

Dulce Margarida
e Ênio Gonçalves

Angélika

Seriado
69 episódios
de 26-3-1959 a 19-11-1959
20h10 terças e quintas-feiras
Autor
H. E. Seuberlich
Tradução e adaptação
Tatiana Belinky
Direção
Júlio Gouveia
Cenografia
Alexandre Korowaitzik
Sonoplastia
Salatiel Coelho
Direção de TV
Humberto Pucca

No alto
Hernê Lebon

Wilma Camargo

Lúcia Lambertini

Embaixo
Regina Salles do Amaral
no papel de Angélika

Verinha Darcy e
Dulce Margarida

Na página oposta
Daisy Moritz, Regina
Salles do Amaral,
Maria Adelaide Amaral,
Mildred Munn,
Verinha Darcy,
garota não identificada
e Heleninha Benício

232

No alto
Daisy Moritz (de costas),
Regina Salles do Amaral,
Maria Adelaide Amaral,
Mildred Munn
e Verinha Darcy

Colegas de Angélika.
Ao centro, Verinha Darcy

Mildred Munn e
Regina Salles do Amaral

Embaixo
Dulce Margarida
e Lúcia Lambertini

Daisy Moritz,
Maria Adelaide Amaral
e Heleninha Benício

No alto
Mildred Munn,
Regina Salles do Amaral
e Verinha Darcy

George Ohnet e
Fernando Baleroni

Embaixo
Hernê Lebon e Regina
Salles do Amaral

George Ohnet, Regina
Salles do Amaral e Dulce
Margarida

O Jardim Encantado

Seriado
53 episódios
26-11-1959 a 02-6-1960
20h10 terças e quintas-feiras
Autor
Frances H. Burnett
Tradução e adaptação
Tatiana Belinky
Direção
Júlio Gouveia
Cenografia
Alexandre Korowaitzik
Sonoplastia
Salatiel Coelho
Direção de TV
Humberto Pucca

Na página anterior
Hernê Lebon

Ao lado
Marcos Rosembaum,
David José e
Hernê Lebon

Embaixo
Marcos Rosembaum,
Odilon Del Grande
e David José

Marcos Rosembaum
e David José

Sítio do Picapau Amarelo

Baseado na obra de Monteiro Lobato, o seriado *Sítio do Picapau Amarelo* foi o segundo programa de Júlio Gouveia e Tatiana Belinky na PRF3-TV. Com episódios semanais de aproximadamente 25 minutos de duração, transmitidos às terças-feiras às 19h30, estreou no dia 3 de junho de 1952, permanecendo em cartaz numa primeira fase até o início do mês de outubro 1956. Depois de um ano e meio fora do ar, o programa volta a ser apresentado em março de 1958, no horário das 17h45, às quartas-feiras, e só deixará de ser transmitido em 1963, quando o Tesp encerra suas atividades na PRF3-TV. Essa segunda fase tem início sob o patrocínio do Biotônico Fontoura, fortificante criado pelo farmacêutico e industrial Cândido Fontoura, dileto amigo de Monteiro Lobato.

Durante os quase dez anos de existência do *Sítio do Picapau Amarelo* na TV Tupi-Difusora, o papel da irreverente boneca de pano Emília foi interpretado por Lúcia Lambertini, salvo no período de sua gravidez, em 1959, quando é substituída pela atriz Dulce Margarida. Também o personagem Tia Nastácia foi o tempo todo representado por uma única atriz, Benedita Rodrigues. Os demais personagens fixos do programa tiveram nesse tempo mais de um intérprete. Narizinho, a menina do nariz arrebitado, foi no começo interpretada por Lídia Rosenberg e, a partir de 1953, por Edi Cerri. O personagem Pedrinho teve quatro intérpretes: Sérgio Rosemberg, até março de 1953; Julinho Simões, de abril de 1953 a fevereiro de 1955; David José, de março de 1955 a março de 1960; e, por fim, Nagib Anderáos, de abril de 1960 a meados de 1963. Dona Benta foi interpretada primeiramente por Sydnéia Rossi, até o início de 1953, época em que Wanda A. Hammel assume o papel. Poucos meses depois, em julho desse ano, entra Suzy Arruda, que interpreta a Vovó Benta até por volta de 1959, sendo então substituída por Leonor Pacheco, irmã de Lúcia Lambertini. O sabugo de milho Visconde de Sabugosa teve como primeiros intérpretes os atores Rubens Molino e Luciano Maurício. Em julho de 1953, passa a ser interpretado por Hernê Lebon, que permanece com o papel até 1963.

Posso afiançar que tivemos inúmeras reclamações durante o tempo em que o *Sítio do Picapau Amarelo* esteve fora do ar. Recebemos inúmeras cartas, telefonemas, exigindo a sua volta. E tio Candinho (Cândido Fontoura), amigo e admirador constante de Monteiro Lobato, fez questão que continuássemos nos nossos propósitos: matar a saudade de muita gente adulta, ilustrar os petizes com aulas de sabedoria e beleza, demonstrar que, em qualquer época, em qualquer tempo, o notável escritor sempre é necessário.

Tatiana Belinky, no livro *O Teleteatro Paulista nas Décadas de 50 e 60*

Havia um núcleo central de atores formado em torno do *Sítio do Picapau Amarelo*. Como este programa era um seriado com personagens fixos, os atores eram fixos, também. De vez em quando, tínhamos de trocar o Pedrinho, porque todo menino quando chega a uma certa idade engrossa a voz, fica esquisito e não dá mais para fazer o Pedrinho. Agora, a Narizinho ficou sem mudar de atriz durante dez anos, porque a Edi Cerri que fazia o papel era miudinha, bonitinha, magrinha, pequena, podia interpretar papel de menina o resto de sua vida. A Lúcia Lambertini fez a Emília durante muitos anos, também. Ela era tão boa atriz que podia fazer qualquer coisa, papel de feia, de linda, de velha, papel dramático, papel cômico, qualquer coisa ela fazia. Além do Sítio, ela participava de todos os programas do Tesp: Teatro da Juventude, Fábulas Animadas, minisséries, tudo. Onde houvesse necessidade de alguém muito bom, de uma excelente atriz, lá estava ela. Mas, de fato, sua carreira ficou muito marcada pelo papel da Emília. Tínhamos um Visconde de Sabugosa, feito pelo Hernê Lebon, que era espetacular, também.

Tatiana Belinky, depoimento à Associação Pró-TV

Moacyr Costa (farmacêutico) e João Alípio anunciando o Biotônico Fontoura

Tio Candinho, Júlio Gouveia e pessoa não identificada

Lúcia Lambertini
Emília

Hernê Lebon
Visconde de Sabugosa

Edi Cerri
Narizinho

David José
Pedrinho

Suzy Arruda
Vovó Benta

Benedita Rodrigues
Tia Nastácia

Acima
Astrogildo Filho no episódio *A Flexa de Cupido*. Atrás, Wilma Camargo no papel de Branca de Neve

Abaixo
A atriz Dulce Margarida, substituindo Lúcia Lambertini no papel de Emília

Ao lado
Hernê Lebon no papel de macaco

Abaixo
Paulo Basco como João Faz de Conta

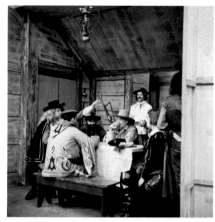

Os mosqueteiros
Rolando Boldrin e
Amilton Fernandes

Dulce Margarida
Sintaxe

Henrique Canales
Barbarismo

José Serber
Arcaísmo

Nonô Pacheco
Obscuridade

Johanna
Neologismo

Na página oposta
As crianças Nagib e
Claudenir e gêmeas
não identificadas
Analogias

Amândio Silva Filho
e Fininho
Antônimos

Ao lado
Emília no Mundo da Fábula. Ator não identificado no papel de Incroyable e Adélia Victória no papel de Maria Antonieta

Abaixo
Débora Duarte no episódio *O Príncipe Escamado*

Ao lado
Ator não identificado
e Amândio Silva Filho

Ator não identificado
e Adélia Victória

Embaixo
Rafael Neto no papel de
Aladim, personagem
do episódio *A Lâmpada
Maravilhosa*

Um dos primeiros
merchandising da TV:
Emília diante do gênio
da lâmpada maravilhosa
(Ênio Gonçalves)
olha para o frasco do
fortificante Biotônico
Fontoura

Júlio Gouveia entrega ao *cameraman* David Grimberg e ao maquiador Barri o prêmio O Camarada do Mês, uma estatueta na forma de elefante com uma placa contendo os seguintes dizeres: A gente leva da vida a vida que a gente leva

250

Teatro da Juventude

O *Teatro da Juventude* foi o terceiro programa de teleteatro com mais de uma hora de duração que a PRF3-TV colocou no ar, depois do *Grande Teatro Tupi* e do *TV de Vanguarda*. Com o título de *Era Uma Vez...*, a série estreou em abril de 1953 e um ano e três meses depois, em julho de 1954, ganhou o nome de *Teatro da Juventude*, momento em que Júlio Gouveia decide imprimir nova orientação ao programa, fazendo com que ele fosse dirigido também a adolescentes e adultos e não apenas ao público infantil. Com textos originais de Tatiana Belinky e adaptações feitas por ela de obras da literatura infantojuvenil e de histórias bíblicas, o *Teatro da Juventude* manteve-se em cartaz durante nove anos, apresentando um espetáculo completo a cada vez, aos domingos, às 10h, ou histórias contadas na forma de pequenos seriados, do tipo das atuais minisséries, com cinco ou seis episódios.

Nossos programas começavam sempre com uma câmera focalizando uma estante de livros, onde aparecia a mão do Júlio, que tirava um dos livros, um livrão. A câmera revelava em close o título e o nome do autor, afastava um pouco e mostrava o Júlio que abria o livro e começava a ler. Ele lia algumas linhas e, imediatamente, tinha início o espetáculo, que ia sem parar até o fim. No encerramento, a câmera voltava a focalizar o Júlio diante da estante com o livro nas mãos. Ele se despedia e, quando se tratava de uma história em capítulos, uma minissérie, fingia que ia ler a continuação, começava a ler, interrompia e dizia: "Bem, mas isso já é uma outra história, que fica para uma outra vez". Era esse o "gancho" para o capítulo seguinte. Aos domingos fazíamos um espetáculo inteiro, uma espécie de teatrão com começo, meio e fim, de uma hora e meia de duração, às vezes até mais. E o Júlio, sempre com um livro nas mãos, encerrava o programa assim: "Entrou por uma porta, saiu pela outra, quem quiser que conte outra!".

Tatiana Belinky, em depoimento à Associação Pró-TV

Ricochete

Teatro da Juventude
08-02-1959
13h30 domingo
Autor
H. L. Miller
Adaptação
Tatiana Belinky
Direção
Júlio Gouveia
Cenografia
Alexandre Korowaitzik
Sonoplastia
Salatiel Coelho
Direção de TV
Humberto Pucca

Ao lado
Nagib Anderáos
e Ivy Fernandes

Embaixo
Nagib Anderáos

Edna Costa
e Ivy Fernandes

Ao lado
Ivy Fernandes
e Júlio Lerner

Embaixo
Edna Costa
e Júlio Lerner

Ivy Fernandes
e Júlio Lerner

José do Egito

Teatro da Juventude
5 partes
15-02-1959 a 15-03-1959
13h30 domingos
Autor
História bíblica
Adaptação
Tatiana Belinky
Direção
Júlio Gouveia
Cenografia
Alexandre Korowaitzik
Sonoplastia
Salatiel Coelho
Direção de TV
Humberto Pucca

No alto
Ao centro, José Serber
e Henrique Martins

Ênio Gonçalves, José Mandel, David José, Rafael Golombeck, José Serber, Henrique Martins e Marcos Rosembaum

Embaixo
Atriz não identificada,
Edna Costa
e Mara Mesquita

Dulce Margarida
e Hernê Lebon

Rafael Golombeck, ator não identificado, Marcos Rosembaum, Amândio Silva Filho, José Mandel, José Serber e Nagib Anderáos

Moacyr Costa

Henrique Martins

George Ohnet e Henrique Martins

No alto
A bailarina Marilena Ansaldi, Elias Gleizer e Henrique Martins

Atrás das dançarinas, o casal Moacyr e Edna Costa, os guardas, Paulo Basco e Henrique Martins

Paulo Basco

Embaixo
Henrique Martins, David José, Ênio Gonçalves, José Mandel, Rafael Golombeck e Amândio Silva Filho

José Serber, Henrique Martins e o menino Nagib Anderáos

Na página oposta
Henrique Martins e Marilena Ansaldi

Hoje é Páscoa

Teatro da Juventude
29-03-1959
13h30 domingo
Autor
Hark e McQueen
Adaptação
Tatiana Belinky
Direção
Júlio Gouveia
Cenografia
Alexandre Korowaitzik
Sonoplastia
Salatiel Coelho
Direção de TV
Humberto Pucca

Na foto grande
Astrogildo Filho
e Hernê Lebon

Em cima
Júlio Lerner e
Amândio Silva Filho

Amândio Silva Filho,
Elias Gleizer e Mara
Mesquita

Embaixo
David José e
Amândio Silva Filho

Júlio Lerner, Amândio
Silva Filho, Elias Gleizer
e Mara Mesquita

Na página oposta
Amândio Silva Filho
e Mara Mesquita

Eu Quero Ajudar o Brasil - Lobato

Teatro da Juventude
19-04-1959
13h30 domingo
Autor
Tatiana Belinky
Direção
Júlio Gouveia
Cenografia
Alexandre Korowaitzik
Sonoplastia
Salatiel Coelho
Direção de TV
Humberto Pucca

No alto
Moacyr Costa,
Hernê Lebon e
Amândio Silva Filho

Hernê Lebon

Embaixo
Amândio Silva Filho
e João Alípio

Rafael Golombeck,
Hernê Lebon e
Amândio Silva Filho

Amândio Silva Filho

Amândio Silva Filho,
Hernê Lebon, Rafael
Golombeck e Dalmo
Ferreira

Na página oposta
Amândio Silva Filho
no papel de
Monteiro Lobato

A Moreninha

Teatro da Juventude
6 partes
26-04-1959 a
31-05-1959
13h30 domingos
Autor
Joaquim Manuel de Macedo
Adaptação
Miroel Silveira
Adaptação para TV
Tatiana Belinky
Direção
Júlio Gouveia
Cenografia
Alexandre Korowaitzik
Sonoplastia
Salatiel Coelho
Direção de TV
Humberto Pucca

No alto
Azeitona

Fanny Abramovitch

Rafael Golombeck

Embaixo
Lúcia Lambertini e
Mara Mesquita

Azeitona,
Mara Mesquita
e Dalmo Ferreira.
Sentada, atriz não
identificada

Página oposta
No alto
Fanny Abramovitch,
Mara Mesquita,
Lúcia Lambertini,
atriz não identificada,
Hernê Lebon e
Rafael Golombeck

Dalmo Ferreira

Júlio Lerner

Lúcia Lambertini,
Amândio Silva Filho,
Júlio Lerner,
Mara Mesquita
e Hernê Lebon

Embaixo
Hernê Lebon,
Amândio Silva Filho
e Rafael Golombeck

Lúcia Lambertini,
Mara Mesquita e
Rafael Golombeck

Santo Antônio de Lisboa

Teatro da Juventude
07-06-1959
13h30 domingo
Autor
Tatiana Belinky
Direção
Júlio Gouveia
Cenografia
Alexandre Korowaitzik
Sonoplastia
Salatiel Coelho
Direção de TV
Humberto Pucca

No alto
Amândio Silva Filho,
Adélia Victória,
Líbero Miguel
e Paulo Basco

Embaixo
Líbero Miguel
e Paulo Basco

Adélia Victória,
Líbero Miguel
e Paulo Basco

Na página oposta
Na cena,
Adélia Victória,
Amândio Silva Filho,
Líbero Miguel
e Paulo Basco.
De costas, o
contrarregra Dalmo
Ferreira segue o texto

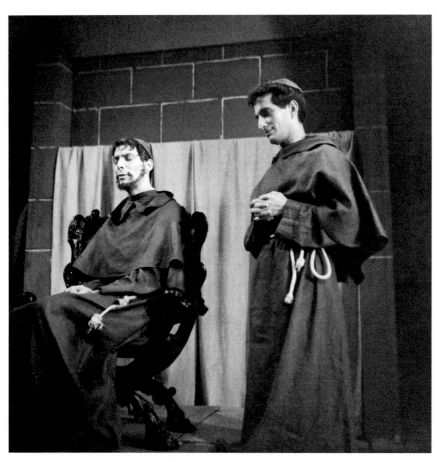

Coisas da Primavera

Teatro da Juventude
13-09-1959
13h30 domingo
Autor
Hark e McQueen
Adaptação
Tatiana Belinky
Direção
Júlio Gouveia
Cenografia
Alexandre Korowaitzik
Sonoplastia
Salatiel Coelho
Direção de TV
Humberto Pucca

Edi Cerri, David José,
Adélia Victória
e Rafael Golombeck

Edi Cerri,
Adélia Victória,
David José
e Rafael Golombeck

Na página oposta
Edi Cerri e
David José

Timon de Atenas

Teatro da Juventude
3 partes
20-09-1959 a 04-10-1959
13h30 domingos
Autor
William Shakespeare
Adaptação
Tatiana Belinky
Direção
Júlio Gouveia
Cenografia
Alexandre Korowaitzik
Sonoplastia
Salatiel Coelho
Direção de TV
Humberto Pucca

Ao lado
Amândio Silva Filho,
Paulo Basco,
Ricardo Gouveia
e George Ohnet

Embaixo
Hernê Lebon
no papel do filósofo
Apemanto

Na página oposta
No alto
Felipe Wagner

Embaixo
Hernê Lebon,
Felipe Wagner,
Amândio Silva Filho
e Paulo Basco

George Ohnet
e Ricardo Gouveia

A Princesinha que Queria a Lua

Teatro da Juventude
31-01-1960
13h30 domingo
Autor
J. Thurber
Adaptação
Tatiana Belinky
Direção
Júlio Gouveia
Cenografia
Alexandre Korowaitzik
Sonoplastia
Salatiel Coelho
Direção de TV
Humberto Pucca

No alto
Hernê Lebon

Marcos Rosembaum,
José Serber e
Hernê Lebon

Embaixo
José Serber, Maria
Adelaide Amaral e
ator não identificado

Ator não identificado,
Hernê Lebon
e José Serber

Na página oposta
Maria Adelaide Amaral
e José Serber

Jeca Tatu

Teatro da Juventude
07-02-1960
13h30 domingo
Autor
Monteiro Lobato
Adaptação
Tatiana Belinky
Direção
Júlio Gouveia
Cenografia
Alexandre Korowaitzik
Sonoplastia
Salatiel Coelho
Direção de TV
Humberto Pucca

No alto
José Serber e
Henrique Canales

Hernê Lebon, no papel
de Jeca Tatuzinho

Embaixo
Hernê Lebon
e José Serber

Hernê Lebon, o Jeca
Tatuzinho depois de
tomar o fortificante
Biotônico Fontoura

Amândio Silva Filho
e Hernê Lebon

Moacyr Costa, João
Alípio e Paulo Basco

À direita, Amândio Silva
Filho e Fininho

Dalmo Ferreira, George
Ohnet e Amândio Silva
Filho

Hernê Lebon e
Wilma Camargo

Angélika

Teatro da Juventude
7 partes
06-03-1960 a 24-04-1960
13h30 domingos
Autor
H. E. Seuberlich
Tradução e adaptação
Tatiana Belinky
Direção
Júlio Gouveia
Cenografia
Alexandre Korowaitzik
Sonoplastia
Salatiel Coelho
Direção de TV
Humberto Pucca

Criança não identificada,
Regina Salles do Amaral
(Angélika) e Paulo Basco

No alto
Elias Gleizer

Regina Salles do Amaral
e Guy Loup

Embaixo
Mildred Munn
e Adriano Stuart

Ator não identificado,
Mildred Munn,
Regina Salles do Amaral
e Adriano Stuart

Adriano Stuart,
Regina Salles do Amaral,
criança não identificada
e Mildred Munn

Fontes e bibliografia

Pesquisa inédita do historiador José Inácio de Melo Souza sobre os programas de teleteatro da TV Tupi-Difusora (*Grande Teatro Tupi, TV de Vanguarda, TV de Comédia, O Contador de Histórias, TV-Teatro* e *TV-Teatro Walita*) levados ao ar entre 1950 e 1964, com base nas coleções incompletas dos jornais *Diário da Noite, Diário de São Paulo* e *O Estado de S. Paulo* existentes no Arquivo Público do Estado de São Paulo e na Biblioteca Municipal Mário de Andrade.

Pesquisa inédita de José Francisco de Oliveira Mattos sobre a programação da TV Tupi nos seus três primeiros meses de funcionamento, em 1950, com base nos jornais *Diário da Noite* e *Diário de São Paulo*.

Acervo do jornalista Arnaldo Câmara Leitão existente no Museu da Imagem e do Som de São Paulo: coleção de escritos em vários volumes, contendo críticas, notícias e reportagens sobre rádio e televisão publicadas entre 1949 e 1957 nos jornais *O Tempo, A Gazeta, Diário da Noite* e *Diário de São Paulo*.

Cadernos de contas-correntes de Júlio Gouveia, com anotações de todos os programas que ele realizou de 1952 a 1963 na PRF3-TV, incluindo as datas em que foram ao ar, os títulos das peças, os nomes dos atores e, também, o valor dos cachês pagos a cada um deles.

Depoimentos de artistas à Associação Pró-TV.

Arquivo pessoal de Lia de Aguiar contendo recortes de diversos jornais e da revista *O Cruzeiro* publicados entre 1944 e 1953.

Entrevistas realizadas pelo autor
Antonino Seabra
Bárbara Fázio
Heitor de Andrade Filho
Irineu de Carli
Lia de Aguiar
Liba Fridmann
Luiz Gallon
Maria Thereza Gregori
Margarita Schulmann
Mário Pamponet Jr.
Silnei Siqueira
Tatiana Belinky
Vera Nunes

ABREU, Alzira Alves de; e PAULA, Christiane Jalles de (Coord).
Dicionário Histórico-Biográfico da Propaganda no Brasil. Rio de Janeiro, Editora FGV-ABP, 2007

AUDRÁ JÚNIOR, Mário
Cinematográfica Maristela – Memórias de um Produtor
São Paulo, Silver Hawk, 1997

BRANCO, Renato Castelo; MARTENSEN, Rodolfo Lima; & REIS, Fernando
História da Propaganda no Brasil
São Paulo, T A Queiroz, 1990

BRITO, Sérgio
Fábrica de Ilusão – 50 Anos de Teatro.
Funarte-Salamandra, 1996

FANUCCHI, Mário
Nossa Próxima Atração – o Interprograma no Canal 3
São Paulo, Edusp, 1996

GALVÃO, Maria Rita
Burguesia e Cinema: O Caso Vera Cruz
Rio de Janeiro, Civilização Brasileira, 1981

GARCIA, Clovis
Os Caminhos do Teatro Paulista
São Paulo, Prêmio, 2006

GIANFRANCESCO, Mauro; & NEIVA, Eurico
De Noite Tem... Um Show de Teledramaturgia na TV Pioneira
São Paulo, Giz Editorial, 2007

GUZIK, Alberto
TBC: Crônica de um Sonho
São Paulo, Perspectiva, 1986

HAWES, William
American Television Drama – The Experimental Years
USA, The University of Alabama Press, 1986

– *Live Television Drama, 1946-1951*
USA, Macfarland & Company, Inc, Publishers, 2001

– *Filmed Television Drama, 1952-1958*
USA, Macfarland & Company, Inc, Publishers, 2002

MAGALDI, Sábato & VARGAS, Maria Thereza
Cem Anos de Teatro em São Paulo
São Paulo, Editora Senac, 2000

MATTOS, David José Lessa
O Espetáculo da Cultura Paulista
São Paulo, Códex, 2002

– *Pioneiros do Rádio e da TV no Brasil (Vol.1)*
São Paulo, Códex, 2004

MILARÉ, Sebastião
Antunes Filho e a Dimensão Utópica
São Paulo, Perspectiva, 1994

MENDES, Edith Gabus
Octavio Gabus Mendes, do Rádio à Televisão
São Paulo, Lua Nova, 1988

RAULINO, Berenice
Ruggero Jacobbi
São Paulo, Perspectiva, 2002

RODRIGUES CRUZ, Osmar & Eugênia
Osmar Rodrigues Cruz – Uma Vida no Teatro
São Paulo, Hucitec, 2001

SILVA, Flávio Luiz Porto
O Teleteatro Paulista nas Décadas de 50 e 60
São Paulo, Secretaria Municipal de Cultura, Idart, 1981

STURCKEN, Frank
Live Television – The Golden Age of 1946-1958 in New York
USA, Macfarland & Company, Inc., Publishers, 2001

VIANNA, Deocélia
Companheiros de Viagem
São Paulo, Brasiliense, 1984

Índice onomástico

Abbas, Eduardo 115, 118, 128
Abramovitch, Fanny 262
Abranches, Aristides 192
Abreu, Gilda de 46
Adas, Roberto 37
Aguiar, Lia de 49, 52, 56, 57, 59, 69, 114, 115
Aires, Percy 9, 115, 116, 122, 124, 144, 147, 150, 156-160, 167-168, 170, 174-177, 184, 186-187, 196-199, 204, 206-207, 214, 216-217
Albuquerque, Elísio de 65
Alderighi, Mário 54
Alencar, José de 84
Alexandre, Neide 24, 26, 76, 77, 80, 94
Alimari, Mário 86
Alípio, João 16, 227, 231, 239, 260, 273
Almeida, Alfredo Souto de 63
Alves, Vida 11, 28, 49, 52, 56, 57, 73, 115, 138-141, 143, 202-203
Amado, Jorge 51
Amaral, Maria Adelaide 29, 222, 232, 234, 270
Amaral, Péricles do 47
Amaral, Regina Salles do 16, 225, 232, 234-235, 274-275
Amaral, Rubens do 47
Anderáos, Nagib 238, 246, 252, 255-256
Andersen, Hans Christian 225
Anderson, Robert 106
Andrade, Heitor de, Fecarotta 27, 34, 49, 56, 59, 60, 63, 65, 92, 115, 150-154, 156, 158, 162, 166, 170, 172, 174, 178, 180, 182, 184, 188, 192, 194
Andrade, Oswald de 7, 96
Ansaldi, Marilena 256
Antunes Filho, José Alves 65, 99, 150
Arruda, Suzy 100, 104, 220, 222-223, 238, 240
Assis, Chico de 69
Assis, Machado de 59
Autran, Paulo 62
Avancini, Walter 53
Averchenko, Arckady 144
Azeitona 262
Azevedo, Dionísio 9, 56, 57, 59, 60, 67, 70, 73, 100, 114-115, 118, 120, 126, 128, 130, 133-134, 136, 226-227
Azevedo, Neuza 29, 70, 74, 119-120, 134, 187, 212
Azevedo, Odilon 67, 99

Baleroni, Fernando 49, 86, 115, 138, 158-160, 172, 189-190, 204, 235
Barcelos, Jayme 57, 65, 115, 118, 180-181
Bardi, Lina Bo 61
Bardi, Pietro Maria 61
Barillet, Pierre 150
Barone, Waldomiro 65
Barreto, Lima 49
Barrie, James Matthew 220
Barros Filho, Teófilo de 28, 72, 88
Barroso, Inezita 49
Barroso, Maurício 49
Barry 222, 250
Basco, Paulo 16, 221, 222, 243, 256, 264, 268, 273-274
Batista, Jair 35, 36, 39
Batista, Xandó 65
Bauman, Marcos 41, 45
Becker, Cacilda 57
Belinky, Tatiana 9, 11, 12, 29, 40, 42, 67, 73, 82, 92, 220-223, 225-226, 232, 236, 238, 251-252, 254, 258, 260, 262, 264, 266, 268, 270, 272, 274
Bendix, Otto 116-117, 226-227, 229
Benício, Heleninha 232, 234
Bentinho 70, 75, 122, 128, 218
Bertoni, Armando 180
Bianchini, Tito 28
Bigal Neto, Pedro 16
Bittencourt, Haydée 220
Blanco, Leandro 46
Bogart, Humphrey 54
Bógus, Armando 99, 110, 112
Boldrin, Rolando 70, 75, 115, 120, 164, 172-173, 182-183, 208-209, 244
Bomfim, Paulo 85
Boretz, Allen 150
Bottura, Gilberto 35, 69, 110, 116, 118, 122, 126, 128, 132, 136, 140, 144, 148
Bratke, Oswaldo 61
Brito, Sérgio 61, 65, 99, 115
Bruck, Fernando 74, 89, 106, 118, 119, 122, 126, 133-134, 149, 197
Bruckner, Karl 225
Bruno, Nicette 67, 99
Bueno, Marly 9, 28, 115
Buri, Humberto 29
Burnett, Frances Hodgson 225, 236

Cain, James M. 138
Caldeira, Leny 30
Calder, Alexander 61
Caldwell, Erskine 132
Callas, Maria 62-63
Calvano, Luigi 69
Camargo, Hebe 52, 56
Camargo, Joraci 150, 166
Camargo, Maria Célia 110, 111
Camargo, Wilma 220, 222, 226, 232, 241, 273
Campos, Augusto Machado de, Machadinho 194-195, 209, 212
Campos, Aurélio 56, 57, 92
Campos, Gilberto do Amaral 31
Campos, Rubens 128, 130, 132, 134, 147
Canales, Luiz 74, 148
Canales Jr., Henrique 33, 36, 246, 272
Cardoso, Irene Ribeiro 220
Cardoso, Laura 73, 104, 115, 140, 143, 150, 158-160, 180-181, 194-195
Cardoso, Lúcio 62
Cardoso, Marília Ribeiro 220
Cardoso, Plínio Ribeiro 220
Cardoso, Régia 182-183
Cardoso, Sérgio 62
Carli, Irineu de 11
Carlos, Francisco 91
Carlos, Manoel 65, 84, 99
Carone, Felipe 110, 111
Carrero, Tônia 12
Casona, Alejandro 110
Castelar, Heloísa 47
Castelar, José 47
Castro, Fidel 97
Castro, Raúl 97
Catalano, Vicente 62
Cattan, Benjamin 115
Cazarré, Older 28, 33, 154, 156, 158-160, 162-164, 182-183, 192-193, 196-197, 201
Cavalcanti, Alberto 61
Cavalheiro, Darcy 132, 138, 140, 148
Cerri, Edi 225, 238, 240, 266
Chateaubriand, Assis 9, 46, 48, 52, 53, 61
Chaves, Erlon 18
Chorpenning, Charlotte 221
Civelli, Carla 65, 66
Claudenir 246
Cocteau, Jean 60, 99
Coe, Fred 55, 56
Coelho, Salatiel 42, 118, 126, 128, 144, 226, 232, 236, 252, 254, 258, 260, 262, 264, 266, 268, 270, 272, 274
Colette 112
Collodi, Carlo 221
Correia, Viriato 150, 172, 184
Corte Real, Roberto 88
Corwin, Norman 48

Costa, Adolar 152, 164, 175-176, 179, 182-183
Costa, Edna 222-223, 226-227, 229, 252-254, 256
Costa, Haroldo 62
Costa, Jaime 67, 99
Costa, Lídia 150, 170, 212-213
Costa, Maria Della 12, 62, 67, 99
Costa, Moacyr 222-223, 229-231, 239, 255-256, 260, 273
Costa, Victor 46, 63
Coutinho, Janete 85
Couto, Armando 66
Coward, Noel 99, 202
Cromwell, John 140
Cronin, A. J. 225, 226
Cruz, Henrique Jorge 100, 102
Cruz, Osmar Rodrigues 64-65
Cunha, Euclides da 126
Cunha, Geraldo 31
Cuoco, Francisco 103
Cury, Laila 94

Darcy, Elisabeth 24, 32, 37
Darcy, Verinha 24, 29, 222, 225, 232, 234-235
Darío, Rubén 60
Delacy, Monah 109, 111, 112
Dias, João 36
Dias, Maria Helena 148-149
Dickens, Charles 73
Dickens, Stafford 198
Ditinho 22
Donahue, Vincent 55
Donato, Ernani 114
Dorce, Francisco 28
Dorce, Sônia Maria 28
Dostoiévski, Fiódor 51
Draiser, Theodore 73
Duarte, Débora 28, 225, 248
Duarte, Irenita 22
Duarte, Irinéia 22, 26
Duarte, Lima 9, 54, 56, 59, 71, 75, 100, 114-117, 119-120, 124, 126-128, 130, 146-149
Dumas, Alexandre 73
Duprat, Raymundo 64
Durst, Walter George 9, 28, 50-52, 54-58, 60, 67, 114-115, 118, 138, 140, 144, 148
Duval, Dorinha 88-91, 94, 150, 152-154, 164-165, 172-173, 180-181, 184-187, 192, 204, 206-207, 212-214, 216-217

Eccio, Egydio 65
Edo, Jorge 54
Enoch, Luiz 41, 43
Ernesto, Mário 30, 78, 153
Ernst, Max 61
Esopo 225

Falcão, Arminda 52
Falco, Rubens de 62
Fanucchi, Mário 56, 59, 60
Farkas, Thomas 61
Fázio, Bárbara 49
Fernanda, Maria 99
Fernandes, Amilton 12, 24, 27, 76-81, 104, 106, 109, 152, 156-157, 162-168, 174-181, 184-186, 188-190, 192-193, 198-204, 206-214, 216, 244
Fernandes, Ivy 112, 252-253
Ferrari, Ernesto 35, 37, 38, 41
Ferreira, Bibi 67, 99
Ferreira, Dalmo 16, 260, 262, 264, 273
Ferreira, Décio 31, 78, 109, 132
Ferreira, Procópio 67, 99
Feydeau, Georges 66
Figueiredo, Abelardo 29, 84, 88
Figueiredo, Guilherme de 150
Filho, Astrogildo 86, 89-90, 188-190, 192-193, 241, 258
Fininho 30, 74, 122, 172-173, 246, 273
Fontes, Norah 56, 115, 118, 175, 177-179, 196-197
Fontoura, Cândido 238-239
Fontoura, Matheus 200
Ford, John 48
Fornari, Ernani 150
Forneaud, William 88
Forster, Walter 56, 58, 60, 66
Franck, Klaus 43, 69
Franco, Edgard 69
Franco, Marília 53
Freitas, Cidinha de 214, 216-217
Fuzarca, Albano Pereira 82

Gaeta, Uccho 18, 90
Gallon, Luiz 28, 34, 59, 63, 64, 73, 99, 100, 102, 104, 106, 110, 112
Galvão, Henrique 136
Gama, Maurício Loureiro 96-97
Garcia, Clóvis 62, 220
Garcia, Jerubal 36, 37, 90
Garcia, José Carlos 35, 37, 39
García Lorca, Federico 51
Garnett, Tay 138
Garófalo, Maria Cecília 114, 115, 221
Geny, Flora 92, 100, 103, 115, 136, 174-175, 177
Gertel, Vera 64
Gherardi, Gaetano 69
Giaccheri, Carlos 64, 65
Gianfrancesco, Mauro 11

Gibe 70, 120, 176, 184, 186-187
Giordano 41, 42
Glasklow, Ellen 73
Gleizer, Elias 256, 258, 275
Goethe, Johann Wolfgang von 122
Gogol, Nikolai 99, 116
Golombeck, Rafael 228-230, 254-256, 260, 262, 266
Gomes, Dias 49, 182
Gomide, Geórgia 69, 150
Gonçalves, Dercy 12
Gonçalves, Ênio 227, 230-231, 249, 254, 256
Gonçalves, Guiomar 156
Gonçalves, Nelson 90
Gonçalves, Rildo 69
Gonçalves, Ubiratan 32, 132, 150
Gonzaga, Armando 150, 162
Gonzaga, Luiz 89
Gorki, Máximo 62
Gouveia, André 220
Gouveia, Júlio 9, 11, 12, 29, 40, 42, 64, 67, 73, 82, 92, 220-223, 225-226, 232, 236, 238-239, 250-252, 254, 258, 260, 262, 264, 266, 268, 270, 272, 274
Gouveia, Ricardo 220, 268
Grande, Odilon Del 134, 152, 164, 181, 212, 214, 219, 237
Grecco, Irina 12, 110
Grédy, Jean-Pierre 150
Gregori, Maria José 85
Gregori, Maria Thereza 11, 84-85
Greiffo, Rubens 91, 154, 164-165, 167, 169-170, 194-195, 204, 206-211
Grimberg, David 16, 35, 250
Grimm, Irmãos 225
Guarnieri, Gianfrancesco 46, 64
Guerra, Adhemar 84-85, 99
Guevara, Ernesto Che 97
Gustavo, Luís 12, 24, 76-81, 115, 122, 158-160, 165, 214, 216-217
Guzzi, Xisto 159-160

Hammel, Wanda A. 238
Hammett, Dashiell 54
Hark & McQueen 258, 266
Hecht, Ben 48, 114
Henry, Georges 88
Herbert, John 12, 28
Hopper, Edward 61
Hugo, Victor 73
Huston, John 9, 54, 148

Ibsen, Henrik 99
Iglésias, Luiz 150
Izidoro 44

Jacobbi, Ruggero 61, 63-64, 66, 99, 220, 221
Johanna 246
José, Carlos 88
José, David 31, 32, 70, 75, 92, 128, 144, 146-147, 222, 237-238, 240, 254, 256, 258, 266
José, Ivan 225

Kakil Filho 30
Kellogg, Virgínia 140
Kesselring, Joseph 99, 150
Kipling, Rudyard 73
Koestler, Arthur 51
Korowaitzik, Alexandre 43, 69, 92, 102, 106, 110, 116, 122, 136, 144, 156, 208, 226, 232, 236, 252, 254, 258, 260, 262, 264, 266, 268, 270, 272, 274
Kosmo, Wanda 99

La Fontaine, Jean de 225
Lage, Carlos 202
Lago, Mário 178
Lambertini, Lúcia 221-223, 225, 232, 234, 238, 240-241, 262
Leal, Péricles 72
Lebon, Hernê 92, 222, 226, 228-229, 232, 235, 237-238, 240, 243, 254, 258, 260, 262, 268, 270, 272-273
Lefevre, Antônio Branco 220
Lefevre, Antônio Sílvio 220
Léger, Fernand 61
Leitão, Arnaldo Câmara 51, 52, 66
Leite, Correia 174
Lemos, Túlio de 28, 49, 56, 88
Lenham, Emílio 116, 119, 128
Lenz, Leo 200
Lerner, Júlio 229, 253, 258, 262
Leuenroth, Cícero 47
Lícia, Nydia 12, 62
Lima, Dermival Costa 48, 51, 60, 62, 64, 65, 66
Lima, Jorge de 118
Lima, Walter 35, 39
Linhares, Luiz 65
Lins, Yara 56
Litvak, Anatole 59, 114
Lobato, Monteiro 12, 60, 220, 221, 238, 260, 272
Lopes, Raimundo 47
Loup, Guy 275
Loureiro, Oswaldo 111
Louzano, Geraldo 132-134, 154, 172-173, 197, 212-213, 218-219
Luís, Romano 133-134
Luiz, Silvio 24

Macedo, Joaquim Manuel de 262
Machado, Batista 188
Magalhães, Carlos 11
Magalhães, Paulo 150, 156, 170
Magalhães Júnior, Raymundo 66, 221
Mandel, José 254-256
Mann, Delbert 55, 56
Mar, Aida 140-141, 158-160
Marcelino, Mauro 69, 154
Márcia 33
Márcico, Rogério 69, 115
Marcílio, Diogo 41, 45
Marcondes, Ney 11
Margarida, Dulce 92, 222, 227-232, 234-235, 238, 241, 246, 254

Maria, Sonia 49
Mariano, Marlene 84-85
Marinho, Carmem 22, 26, 30, 76, 77, 152-153, 162, 174-175, 177, 212-213, 218-219
Marinoso, João 18, 38, 41
Marques, Corifeu de Azevedo 52
Martini, Wânia 32, 71, 133-134, 142-143, 149, 165, 182-183, 214, 216-218
Martins, Francisco 103
Martins, Henrique 32, 70, 73, 115, 119-120, 138-139, 226-227, 254-256
Marzano, Odair 66
Marzo, Cláudio 69, 148
Mascaro, Cristiano 10
Matarazzo Sobrinho, Francisco, Ciccillo 52-53, 61
Matos, Nivaldo de 38
Matrorosa 86
Mattos, José Francisco de Oliveira 11
Mattos, Antônio Lessa 11
Mattos, Antônio Moura 30
Mattos, Lígia 11
Mattos, Milton Lessa de 9
Mattos, Raymundo Lessa de 8, 9, 11
Maurício, Luciano 238
Mayer, Rodolfo 67
Mayo, Patrícia 69
Medaglia, Júlio 63
Meira, Tarcísio 69
Mendes, Cassiano Gabus 9, 28, 50-52, 54-59, 60, 62, 64-67, 72, 97, 114-115, 118, 128, 138, 140, 144, 148, 221
Mendes, Octavio Gabus 47-51
Menezes, Glória 33, 84, 110, 111, 140-143, 184-187, 192-193, 196-197, 200-204, 206-207
Mesquita, Mara 222, 231, 254, 258, 262
Meyer, Gert 204
Michel, Clenira 143, 151-153, 159-160, 162-164, 168-169, 174-175, 182-187, 202-203
Miguel, Líbero 16, 264
Mikalsky, Mário 36, 39
Milani, Francisco 88, 91
Miller, Arthur 99
Miller, H. L. 252
Miro 151-153
Mistral, Gabriela 50
Molière 65
Molino, Rubens 238
Montecl aro, César 49, 50, 57, 97
Monteiro, João 59, 69
Montenegro, Fernanda 57, 99
Moraes, Dulcina de 67, 99
Moraes, José Carlos de, Tico-Tico 18, 88, 97
Moreira, Pedro Paulo Uzeda 64
Morel, Marlene 24, 150
Morineau, Henriette 99
Moritz, Daisy 232, 234
Munn, Mildred 232, 234-235, 275
Murray, John 150
Musset, Alfred 65

Nadir 41, 42
Nagib, Júlio 56, 57
Nagy, Siomara 32, 196-197, 201, 204
Negrão, Francisco 114
Negrão, Walter 31, 102, 103
Negri, Lisa 69
Negulesco, Jean 148
Neiva, Eurico 11
Neto, David 86, 114, 115, 148-149, 221
Neto, Rafael 92, 222, 225, 227-231, 249
Neves, Urbano Camargo 36
Nhô Totico 66
Nicol, Madalena 60, 62, 63, 65, 66, 67
Nimitz, Oscar 65, 99
Nóbrega, Manoel de 66
Nogueira, Meire 24, 79-80
Norris, Douglas 132, 134
Nunes, Vera 11, 57, 65, 67, 99, 106, 109

Oboler, Arch 48
Ogalla, Henrique 28
Ohnet, George 235, 255, 268, 273
Oliveira, Carlos Alberto de 34
Oliveira, Juca de 150
Oliveira, Waldemar de 110
Oliveira Sobrinho, José Bonifácio de, Boni 72
O'Neill, Eugene 51, 60, 92, 99, 100, 136
Orczy, Baronesa de 73
Orione, Luís 75, 103, 115, 119, 127, 138, 144, 153, 156, 160, 162-164, 178-181, 202-203, 210-211, 214

Pacheco, Leonor 238
Pacheco, Nonô 29, 222, 246
Paes, Luiz Arruda 88
Palma, Dália 12
Pamponet, Mário 11, 36, 39, 88, 154, 156, 158, 162, 166, 170, 172, 174, 178, 180, 182, 184, 188, 192, 194, 196, 198, 200, 202, 204, 208, 210, 212, 214, 216, 218
Pardini, Rosa 59
Parisi, José 72, 92, 114, 115, 136, 151-153, 162-164, 198-199
Pavani, Neide 116, 122, 124, 168-169
Pedroso, Flávio 12, 74, 75, 153, 184-186, 192, 210, 216-217
Pelégio, José 69
Penn, Arthur 55
Penteado, José Roberto 47
Penteado, Yolanda 52, 61
Pereira, Geraldo, Gariba 81, 86
Pereira, W. 69, 106, 138, 162
Péricles 44
Perrault, Charles 225
Picasso, Pablo 61
Pinheiro, Américo 35
Pinheiro, Sérgio 69
Piolin 47

Pirandello, Luigi 64, 65, 99
Plonka, Marcos 69
Pollock, Jackson 61
Polônio, Sandro 67, 99
Porter, Eleanor Hodgman 225
Porto e Silva, Flávio Luiz 11
Prado, Décio de Almeida 49, 85, 221
Prado, Geny 29, 146, 152, 162, 170, 172-173, 196-197, 210, 231
Prado, Laura 152-153, 164, 170
Pucca, Humberto 38, 232, 236, 252, 254, 258, 260, 262, 264, 266, 268, 270, 272, 274

Queiroz, Elisângela 11
Quinn, Stanley 55

Ramos, Tony 69, 150
Ranucci Filho, José 35, 39
Rayol, Agnaldo 30, 88
Real, Márcia 9, 92, 115, 140-143, 151-152, 154, 156, 158-160, 162-164, 166-168, 188, 190, 198-199, 202-204, 206-209, 214, 216-217
Reis, Nelly 27, 153
Restiff, João 69, 99
Ribeiro, Áurea 196
Ribeiro, Ivani 50, 51
Ribeiro, Jorge 59, 60
Ribeiro, Pery 33
Ribeiro Filho 28, 56, 58, 60, 74, 88, 150
Rizzo, Fernando 109, 175
Roberg, Syllas 28, 115, 116, 122, 126, 132
Rodrigues, Airton 58, 92, 94
Rodrigues, Benedita 238, 240
Rodrigues, Célia 29, 81, 115, 117, 132-133, 140, 142-143, 149, 172-173
Rodrigues, Lolita 56, 88, 94, 115, 126-127, 151-153, 164-165, 170, 178-179, 184-185, 193, 198-201, 204, 210-211
Rodrigues, Osmar 65
Rodrigues, Roberto de Almeida 92, 94
Romano, Léo 94
Romaris, José 40
Rondon, Gilberto 70, 106, 109, 119, 126-127, 147, 208-209
Roque, Dárkon Vieira 11
Rosa, Ana 69, 150
Rosa, João Guimarães 115, 128, 130
Rosembaum, Marcos 226-227, 237, 254-255, 270
Rosemberg, David 220
Rosemberg, José 220
Rosemberg, Lia 220
Rosemberg, Lídia 220, 238
Rosemberg, Sérgio 220, 238

Rossi, Floriza 74, 75, 153, 159, 162, 164, 194-195, 211
Rossi, Ítalo 99, 221
Rossi, Nicola Del 45
Rossi, Spartaco 53
Rossi, Sydnéia 238
Ruiz, Turíbio 104, 115, 119, 127, 150, 170, 210-213

Sabag, Fábio 65
Sabatini, Rafael 73
Saldanha, Araken 115, 139, 150, 186, 200
Saliba, Natal 29, 32, 78, 109, 118
Sampaio, Silveira 62
Sanches, Helenita 52
Sanches, Marisa 28, 142, 178-179
Sanches, Romeu 41
Santana, Hugo 81
Santos, Vitor Augusto dos 10
Sardou, Victorien 208
Saroyan, William 51
Sauvajon, Marc Gilbert 150
Schulz, Dietrich 9
Schulz, Otto 9
Seabra, Antonino 35, 40, 63, 226
Segall, Lasar 61
Serber, José 246, 254-256, 270, 272
Sérgio, Lino 112
Seuberlich, H. E. 92, 225, 232, 274
Shakespeare, William 55, 92, 115, 268
Sherwood, Robert 106
Sienkiewicz, Henryk 57
Silva, Domitila Gomes da 208
Silva, Homero 28, 31, 56, 57, 82
Silva, Nair 41, 119, 127, 153, 162, 172, 176, 203, 211
Silva, Osni 59
Silva Filho, Amândio 77, 150, 154, 175-177, 218-219, 226, 246, 249, 255-256, 258, 260, 262, 264, 268, 273
Silveira, Miroel 60, 262
Silvestre, J. 88
Simões, Julinho 238
Simões, Néa 143, 160
Simplício 44, 66
Siqueira, Silnei 11
Soares, José 132
Soveral, Hélio 154
Souza, José Inácio de Melo 11
Souza, Ruth de 62
Spera, Carlos 97
Spironelli, Stela Garcia 11
Stanwyck, Barbara 59
Stefanini, Fúlvio 69
Stuart, Adriano 144, 147, 275
Stuart, Cathy 150
Stuart, Walter 12, 33, 79, 80, 82, 86, 114, 162, 164, 172-173, 178-179
Susuki, Kenji 44
Sylvaine, Vernon 204

Tasca, Walter 28, 34
Tchekhov, Anton 65, 99
Telles, Agnaldo 194
Thomas, Brandon 65
Thurber, J. 270
Timberg, Nathalia 12, 99
Todor, Eva 99
Tojeiro, Gastão 150
Tolstoi, Leon 73
Torres, Fernando 57, 99
Torresmo, Brasil José Carlos Queirolo 82
Tozzi, Élio 34, 40
Tozzi, Pedro 35
Tupinambá, Marcelo 53

Valéria, Maria 30, 116, 122, 154, 156-160, 166, 169, 172-173
Vargas, Getúlio 61, 63
Vasconcelos, Pirajá 10
Veiga, Luiz 35
Veríssimo 85
Verissimo, Erico 114
Verne, Júlio 73
Verneuil, Louis 150
Vianna, Diorandy 64
Vianna, Oduvaldo 46, 47, 49-50, 52-53, 56, 150
Vianna Filho, Oduvaldo 46, 64
Victória, Adélia 16, 222, 248-249, 264
Vidal, Gore 55
Vidal, Maria 56, 59, 79, 80, 156-157, 162, 194-195, 214, 216-217
Vieira, Suzana 69, 150
Vietri, Geraldo 24, 32, 69, 76, 102, 104, 106, 112, 150-151, 154, 156, 158, 162, 166, 170, 172, 174, 178, 180, 182, 184, 188, 192, 194, 196, 198, 200, 202, 204, 208, 210, 212, 214, 216, 218

Wagner, Felipe 33, 268
Wanderley, José 150, 178
Warchavchik, Gregori 61
Weinstock, Marcos 11
Weiss, Arnaldo 150
Welles, Orson 47, 48, 55
Wilde, Oscar 65
Williams, Tennessee 99
Wilma, Eva 12, 28

Yáconis, Cleide 62

Zaé Júnior 70
Zampari, Franco 52, 60, 61
Zemmel, Bertha 33
Zezinho 88
Ziembinski, Zbigniew 62

Título
A TV antes do VT
Teleteatro ao vivo na TV Tupi
de São Paulo 1959-1960
Textos e organização
David José Lessa Mattos
Fotografias
Raymundo Lessa de Mattos.
Editor
Plinio Martins Filho
Coordenação Editorial
Luis Ludmer
Produção Editorial
Carlos Gustavo Araújo do Carmo
Design Gráfico
Dárkon Vieira Roque
Laura Nakel
Revisão
Ieda Lebensztajn
Índice
Carolina Bednarek Sobral
Formato
26,8 x 28 cm
Número de páginas
280
Impressão
Lis Gráfica